免费玩爆 iPad 2

编著

机械工业出版社
China Machine Press

对于拥有iPad2的大部分用户来说，可能用iPad2来听歌、看电影和玩游戏的时间要远远多于办"正事"。很多情况下，玩iPad2是需要付费的，但如果你会玩的话，完全可以免费玩转iPad2！本书就是要向广大读者介绍免费玩转iPad2的高招和诀窍，一起畅享iPad2的免费世界。

书中首先详细介绍了iPad2的开机、关机、休眠、唤醒、轻触、滑动以及开合等基本操作和iPad2同步、属性设置等基本内容；接着介绍了网上浏览、网络交流（QQ、MSN和微博）等操作技巧；而后向读者介绍了免费阅读电子书、免费收听优质音乐、免费玩转给力游戏的窍门；接着又介绍了个人相册、日历、通讯录、备忘录和地图的使用方法；然后又深挖了iPad2的潜能，比如免费阅读在线杂志、远程控制电脑、让iPad2变成移动硬盘等诀窍高招；最后给出了iPad2常见故障的解决方案，让常见故障如浮云般散去。

图书在版编目（CIP）数据

免费玩爆iPad2 / 尚艺科技编著. —北京：机械工业出版社，2011.6

ISBN 978-7-111-34746-0

Ⅰ. ①免… Ⅱ. ①尚… Ⅲ. ①便携式计算机—基本知识 Ⅳ. ①TP368.32

中国版本图书馆CIP数据核字（2011）第088003号

机械工业出版社（北京市西城区百万庄大街22号 邮政编码 100037）
责任编辑：陈佳媛　 梁勇　 田龙美
北京米开朗优威印刷有限责任公司印刷
2011年10月第1版第2次印刷
142mm×210mm · 5.625印张
标准书号：ISBN 978-7-111-34746-0
定价：26.00元

购书热线：(010) 64860125；64882622；64877547（兼传真）
投稿热线：(010) 64882614
读者信箱：zhuozhongtushu@126.com

2010年1月27日，美国旧金山欧巴布也那艺术中心，苹果公司首席执行官史蒂夫·乔布斯发布了传闻已久的平板电脑——iPad。iPad一经发布，就现抢购热潮，排队购买iPad产品的新闻屡见报端。在其销售第28天就创下100万台的销售量。当前，中国国内平板电脑市场中，iPad占据着绝对的统治性地位，2011年2月，其在平板电脑市场中的占有率达到了"恐怖"的99%。iPad的定位、硬件和专属应用程序的设计，都可使之称为全新设计的商品，超大屏幕和内置的电子书、照片、上网设备所带来的不只是视觉上的满足，最重要的是它真正能为生活带来习惯上的改变，从平凡中找出创意及需求。

2011年3月3日，iPad2发布当日，iPad1官方价格就应声而落，最高降幅达29%。与iPad1相比，iPad2在速度、厚度、重量方面都更胜一筹，同时前后还增加了双摄像头。更重要的是，iPad2的售价与iPad1持平，最低配置16GB Wi-Fi版的售价依然维持在499美元。

对于拥有iPad2的大部分用户来说，可能用iPad2来听歌、看电影和玩游戏的时间要远远多于办"正事"。很多情况下，玩iPad2是需要付费的，但如果你会玩，完全可以免费玩转iPad2！本书就是要向广大读者介绍免费玩转iPad2的高招和诀窍，一起畅享iPad2的免费世界。

书中首先详细介绍了iPad2的开机、关机、休眠、唤醒、轻触、滑动以及开合等基本操作和iPad2同步、属性设置等基本内容；接着介绍了网上浏览、网络交流（QQ、MSN和微博）等操作技巧；而后向读者介绍了免费阅读电子书、免费收听优质音乐、免费玩转给力游戏的窍门；接着又介绍了个人相册、日历、通讯录、备忘录和地图的使用方法；然后又深挖了iPad2的潜能，比如免费阅读在线杂志、远程控制电脑、让iPad2变成移动硬盘等诀窍高招；最后给出了iPad2常见故障的解决方案，让常见故障如浮云般散去。

Contents

目　录

目录

Contents

目录

Contents

第10章 挖掘iPad2的潜能——杂志阅读、远程控制和移动硬盘 158

第11章 iPad2的常见故障皆为浮云 171

附录 iPad2免费资源下载网站推荐 178

第0章

感·触 iPad2

随着iPad的上市，一股iPad热潮席卷了全球，iPad凭借着其轻薄的身姿、LED背光、IPS显示器和Multi-Touch 技术，力压其他同类产品而登上了销售顶峰！iPad为什么会这么成功？它究竟有什么魔力能使这么多人为之着迷？本章就来揭开这层神秘的面纱。

0.1　不可思议的iPad

当iPad问世时，很多人一定在心里腹诽乔布斯会输得很惨，因为这样一款产品实在是见所未见，所有人都能够指出iPad失败的理由（如无USB接口、玩游戏要收费等）。

但是随着时间的推移，iPad却获得了越来越多消费者的认可，在上市第28天就创下100万台的销售量。此时人们不仅会联想到iPod、iPhone，这是因为iPod的出现重新定义了MP3，iPhone的出现重新定义了手机，看来iPad的出现将要重新定义平板电脑，或者需要一个足够特殊的名词来阐释它。

iPad的定位、硬件和专属应用程序的设计，都可称之为全新设计的商品，内置的电子书、照片、上网设备和超大屏幕所带来的不只是视觉上的满足，最重要的是它真正能为生活带来习惯上的改变，从平凡中找出创意及需求。

2011年3月3日，苹果如期发布了最新款平板电脑iPad2。与iPad1相比，iPad2主要有以下4个方面的不同。速度：iPad2采用了全新的A5处理器，相比iPad1，iPad2具有2倍的运算速度和9倍的图形处理能力；而A5处理器在提升处理能力的同时功耗却与A4持平，使得iPad2拥有10小时的使用时间和1个月的待机时间。超薄：iPad2的厚度减小到了8.8mm，而iPad1的厚度为13.4mm，减少了33%。重量：iPad2的重量为1.3磅，而iPad1为1.5磅。摄像头：iPad2配有前后双摄像头，可进行视频通话，后置摄像头支持720P高清视频拍摄。更重要的是，iPad2的售价与iPad1持平，最低配置16GB Wi-Fi版的售价依然维持在499美元。iPad2也于2011年5月6日在中国内地正式登陆，势必再次掀起iPad2热潮。

价格优势、品牌效应、软件布局环环相扣，这是乔布斯倾十余年之精力打造而成的坚固体系，iPad2则将是诞生其中的又一成功案例。这种全球化视野的成功模式让人由衷地感到钦佩，也让竞争对手们感到恐惧。在苹果的规模化垄断面前，简单的山寨已经没有了意义，即便可以抄袭它的外壳，但却绝对不可能复制出一个iOS系统和拥有35万软件的App store，破坏式创新！这就是乔布斯的苹果精神，而iPad和iPad2就是这种破坏式创新下的产物！

0.2　iPad2的用途

　　苹果iPad2的最大特点就是好看且易用，对电脑不熟悉的用户也可以轻松上手。长时间的待机性能、触摸屏都加大了iPad2的易用性，就使用时间而言，通常iPad2可以使用10个小时的时间，比大多数笔记本电脑的使用时间都要长；触摸屏的操作非常直观而乐趣横生，使用鼠标和键盘的用户也很容易使用。

　　iPad2的主要用途有上网冲浪、网络交流、数字阅读、视频/音乐播放、游戏娱乐、电子相框和商务办公，下面分别对其进行详细介绍。

 上网冲浪

　　苹果iPad2内置了Safari浏览器，其1024×768的显示分辨率可以在无缩放的情况下浏览大部分网页。目前iPad2不支持Firefox和Chrome浏览器，用户的选择就只有Safari。由于其不支持扩展插件，也不支持Flash，因此某些网页显示会出现异常。除了Safari浏览器外，用户还可以选择原子浏览器。

2 网络交流

iPad2的便携性使得网络通信变得更加灵活，无论您是在咖啡厅还是在火车上，都可以通过iPad2中装载的QQ、MSN程序随时随地与好友聊天。同时内嵌的微博终端，可以让用户随时随地与他人分享自己在微博上的留言。iPad2新增的摄像头功能又使得可视聊天变成了现实。

3 数字阅读

iPad2支持标准的EPUB格式的电子书，其中最为常用的阅读器就是苹果自己的iBooks，iBooks的阅读界面极佳，支持苹果的网络书店，不过目前大多数书籍都是英文的，中文书籍较少，因此只能依靠同步本地电脑EPUB格式的电子书文件到iPad2里，同步的详细操作步骤可参照1.2节的"开合"小节相关部分内容。

用iPad2看电子书的一个最大的问题就是长时间拿在手里会很累，纸质的书籍相对来说比较轻。因此iPad2的重量在一定程度上限制了其作为电子阅读器的优势。如果用户要长时间用iPad2看书，最好准备一个支架。

4 视频播放

由于苹果与Adobe在Flash格式上存在争议，导致用户无法通过正常途径访问国内网站上的Flash格式视频内容，同时默认的YouTube也无法直接访问，但是用户却可以通过迅雷看看HD和Air Video远程播放软件来观看高清视频。除此之外，用户还可以将本地电脑中MP4格式的视频传入iPad2进行播放。

5 音乐播放

苹果iPad2内置iPod应用，可以用来播放音乐，播放界面类似于iTunes。用户可以将本地的MP3通过iTunes同步到iPad2中，还可以使用摸手音乐HD和快捷音乐搜索软件在线试听喜欢的音乐。

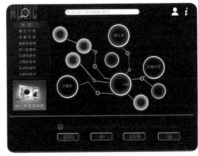

6 游戏娱乐

在iPad2的应用商店里，游戏程序成为了最热门的软件。由此可见，除了电子书外，游戏也是iPad2又一个重要的功能，从这里也可以看到iPad2的娱乐取向。

iPad上的游戏大多以休闲游戏为主，但在操作体验方面，iPad还赶不上PC平台。但是使用iPad来玩一些以触摸操作为主的休闲游戏，则会另有一番风味。

⑦ 电子相框

电子相框是一种通过小型液晶屏显示数码照片的电子产品，iPad2内置了电子相框的功能，可以显示iPad2内的数码照片。如果只是从显示效果看，iPad2显示照片的清晰度远远高于普通的电子相框，并且还提供了渐隐和折纸两种过渡效果。但由于iPad2不支持SD卡和USB卡，无法播放外部的数码相片，因此在此方面使用的方便性上略显不足。

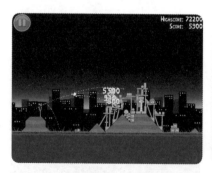

虽然iPad2还能够使用iWork进行商务办公，可以简单处理某些图片，但是它的核心功能就是提供移动的生活方式。对于拥有iPad2的大部分用户来说，用iPad2来听歌、看电影和玩游戏的时间可能要远远多于办"正事"。玩iPad2要掌握一定的技巧，如果您会玩，完全可以免费玩转iPad2。下面就跟我们一起畅享iPad2的免费世界，Come on,Let's go!

iPad2的基本用法

Oh-Oh!!

- 怎样打开、关闭和重置iPad2?
- iPad2首次开机后为什么无法进入主屏幕?
- iTunes是什么软件? 它有什么用处?
- 主屏幕上图标太多时应该怎样归纳和整理?

刚接触iPad2的您是否存在这些困惑呢? 不用担心, 带着这些疑问来阅读本章的内容吧!

1.1 iPad2的基本操作

iPad2是苹果公司推出的最新一款平板电脑，虽然具有与普通电脑一样的打开、关闭和休眠功能，但是其操作方法却大相径庭，因此用户有必要首先掌握iPad2的基本操作方法。

打开与关闭iPad2

iPad2的打开与关闭操作都是通过右上角的"睡眠/唤醒"按钮来实现的，两者的操作基本类似，即按住该按钮数秒。

1 打开iPad2

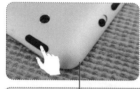

iPad2打开的操作很简单，按住iPad2右上角的"睡眠/唤醒"按钮数秒，当屏幕中出现白色的Apple标志时，即表示成功打开了iPad2，几秒钟后便会自动进入主界面。

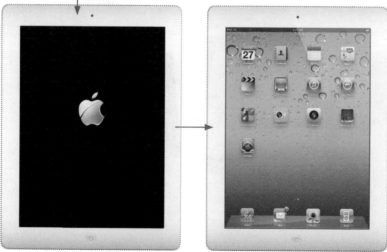

iPad2的恢复模式界面

将刚买的iPad2成功开启后会发现屏幕上一直显示如右图所示的界面，这就是恢复模式界面，不知道的用户可能会怀疑iPad2是否出现了故障，其实这是正常现象。iPad2需要通过iTunes软件来进行同步设置后方可正常使用，其详细的设置方法可参见本书1.3节"同步电脑与iPad2"小节的内容。

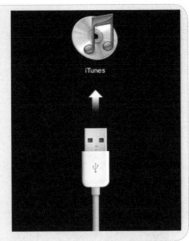

2 关闭iPad2

关闭iPad2的操作要比打开iPad2多一个操作步骤。按住"睡眠/唤醒"按钮直至界面出现红色滑块后，向右拖动滑块即可关闭iPad2。

休眠与唤醒iPad2

按下"睡眠/唤醒"按钮后马上松开，即可让iPad2进入休眠状态。

若想唤醒iPad2，按下"睡眠/唤醒"按钮或底部的【HOME】按钮 ，然后向右拖动底部的白色滑块即可。

小提示

恢复iPad2的出厂设置

如果iPad2出现了某些故障，并且通过重新启动iPad2仍未解决，则可以重置iPad2，将其恢复到出厂设置。具体操作为同时按住"睡眠/唤醒"按钮和【HOME】按钮至少10秒钟，直到出现白色的Apple标志为止，接下来iPad2便会自动恢复到出厂设置。

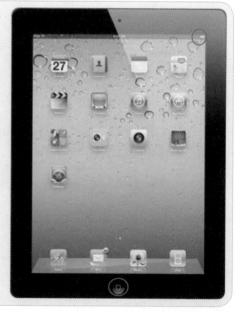

1.2 触摸屏的基本操作

☑ Simple   ☐ Normal   ☐ Hard

关键字

轻触　滑动　开合

随着触摸屏的出现，鼠标就渐渐被用户"抛弃"，只需使用手指就能在屏幕上进行轻触、滑动和开合等操作，那么这些操作是怎样的呢？它们分别适用于哪种情况？本节将以iPad2为例介绍触摸屏的基本操作。

轻触

轻触是指用一根手指头在屏幕上快速触摸一下后拿开，也称为"轻点"，该操作常用于启动某项应用程序或者打开网页内的某一链接。

例如要启动主屏幕上的App Store应用程序，可直接在主屏幕上轻触App Store图标。然后即可在新的界面中看到该应用程序的首页。

滑动

滑动通常用于移动屏幕中的显示内容，以便浏览屏幕中的未显示的内容。具体操作是：将手指触摸到屏幕上，然后沿着任意方向进行移动。

以前面打开的App Store为例，手指触摸到屏幕上任意位置，然后将手指向上移动。

移动到任意位置后松开手指，接着便可在页面中看到App Store的更多内容。

▶ **小提示**
快速滑动至页面顶部

如果用户浏览的页面很长，浏览完毕后需要返回顶部时，若使用滑动操作则会浪费很长时间，直接轻触屏幕顶部的页面标题栏，页面便会自动滑至顶部，而无须多次使用滑动操作。

开合

iPad2的屏幕是多点触摸，这意味着在同一时间内可以检测多点触摸。这一性能可以通过开合操作进行证明。

开合操作是指同时使用两根手指（一般是食指和拇指）触摸屏幕时，相互靠拢或者相互远离的操作，其中，"开"是指相互远离；"合"是指相互靠拢。

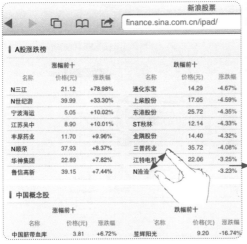

在屏幕中进行"开"操作，可将显示的内容放大显示，进行"合"操作，则会缩小显示内容。如左图和下图所示为放大显示屏幕中的内容。

1.3　利用iTunes设置iPad2

关键字　　□ Simple　☑ Normal　□ Hard

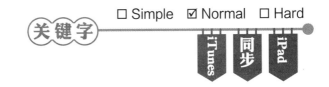

iTunes是苹果推出的一款数字媒体播放程序，分为支持Mac OS系统和支持Windows系统两个版本。它不仅具有播放音乐的功能，而且还能够初始化iPad2，并可将电脑上的照片、电子书等资源同步到iPad2中。

认识iTunes主界面

iTunes是供Mac和PC使用的一款免费应用程序，它不但能管理和播放数字音乐和视频，而且还能将电脑上的音乐和视频同步到iPad2中。同时，它具有的iTunes Store虚拟商店能够随时随地满足用户的一切娱乐所需。下面首先来认识一下iTunes的操作界面。

<table>
</table>

① 菜单栏	② 播放控制区
包括文件、编辑和查看等菜单项，单击任一项即可弹出菜单，并可看到菜单中包含的命令。	用户可以在该区域中播放/暂停音乐，也可将播放的歌曲切换到上一首或下一首，还可调节音量的大小。
③ 歌曲/电影进度显示栏	④ 媒体库显示方式
显示歌曲/电影的播放进度。用户也可以在这里取消iTunes Store的打开操作。	包括4种显示方式，即歌曲列表、专辑列表、网格和Cover Flow显示方式。
⑤ 搜索栏	⑥ 功能区
可以搜索任意的艺术家、专辑、歌曲。当媒体库很大时，利用它可以快捷地定位需要的资源。	包含了资料库、STORE、共享、Genius和播放列表等功能区。如果将iPad2连接PC电脑，则会增加一个"设备"区。
⑦ 媒体库显示区	⑧ 状态栏
当用户在功能区中选中某一选项后，会在该区域中显示对应的内容。如上图所示为选中iTunes Store后所显示的内容。	包括创建播放列表、随机播放、循环播放和"显示/隐藏'正在播放'"小窗口4个按钮。如果播放歌曲，则会在该栏中看到当前歌曲列表的歌曲数目、播放时间以及大小等信息。

设置iPad2

　　iPad2首次开机后，屏幕上只有iTunes和USB图标，通过利用iTunes进行同步设置即可进入主屏幕。

STEP 01 取出USB数据线

从包装盒中取出USB接口数据线。

STEP 02 连接iPad2和PC电脑

将该数据线的两端分别对应连接iPad2和PC电脑。

STEP 03 设置iPad2的名称和同步信息

启动iTunes应用程序，①单击"设备"栏中的选项，②输入iPad2名称，③单击"完成"按钮。

STEP 04 完成同步设置

进入新的页面，此时可看到iPad2的相关信息，拔下USB数据线后重启iPad2即可进入主屏幕。

iPad2的两种查看模式

　　iPad2具有两种查看模式，即横排和竖排两种。用户只需旋转iPad2，即可实现两种查看模式间的切换。其中横排模式适合阅读电子书、观清高清视频和玩游戏；而竖排模式则适合浏览网页。

同步电脑与iPad2

　　iTunes不仅仅是一款音乐播放器，它还能实现电脑与iPad2的同步，使用户可以轻松取用电脑上的信息，包括联系人信息、应用程序、音乐等。

① 同步联系人、日历和其他信息

　　当iPad2与PC电脑连接后，可以在"信息"选项卡下将电脑中的联系人、日历和邮件账户等信息同步到iPad2中。

STEP 01 单击my iPad

连接iPad2与PC电脑，启动iTunes，单击my iPad。

STEP 02 同步通讯录

①单击"信息"按钮，②选择同步所有通讯录。

STEP 03　同步日历

①设置同步所有日历，②并且勾选"不同步30天前的事件"复选框。

STEP 04　同步邮件账户

①勾选"同步邮件账户"复选框，②并且设置来源为Outlook Express。

STEP 05　应用设置

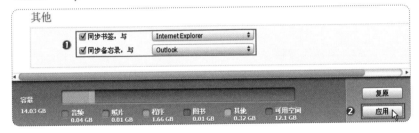

①在"其他"选项栏中设置同步书签和备忘录，②然后单击"应用"按钮即可同步联系人、日历和邮件账户等信息。

2 同步应用程序

用户可以在iTunes Store中下载免费的应用程序，然后将其同步到iPad2中。要注意的是，在iTunes Store中下载的应用程序无法在电脑中运行，只能储存在电脑中。

STEP 01　同步应用程序

①单击"应用程序"按钮，②勾选"同步应用程序"复选框。

STEP 02 确定同步

弹出iTunes对话框,询问用户是否确定要同步应用程序,单击"同步应用程序"按钮,确定同步。

STEP 03 选中需要同步的应用程序

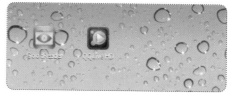

在列表框中勾选需要同步的应用程序,接着可在右侧窗格中看到同步的应用程序。

STEP 04 应用设置

设置完毕后单击"应用"按钮完成同步。

3 同步音乐

iPad2带有iPod应用程序,通过该应用程序可以播放iPad2的音乐,音乐是通过iPad2与电脑同步而获取的。

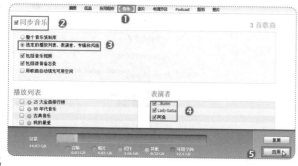

①单击"音乐"按钮,②勾选"同步音乐"复选框,③设置同步整个音乐资料库或者部分音乐,例如设置同步部分音乐,④然后勾选要同步的音乐,⑤最后单击"应用"按钮即可完成音乐同步。

④ 同步电子书

电子书的世界怎么会少了Apple呢？用户可以在iPad2的iBook Store中下载或购买电子书，也可以利用iTunes将电脑上自己喜欢阅读的PDF或ePub格式的电子书同步到iPad2中。这里将介绍利用iTunes同步电子书的操作方法。

STEP 01 拖入要同步的图书

①单击iTunes"资料库"栏中的"图书"选项，②然后将电脑中的电子书拖动至iTunes窗口中的空白处，释放鼠标后可看到电子书已经添加到iTunes的图书资料库中。

STEP 02 设置同步

①选中 my iPad设备，②在右侧窗格单击"图书"按钮，③勾选"同步图书"复选框，④并且设置同步选定的图书，⑤然后在"图书"列表框中选中需要同步的电子书，⑥最后单击"应用"按钮完成电子书的同步。

5 同步照片

照片的同步方法与电子书的同步方法类似，同样首先需要将电脑中的照片放入iTunes中，然后再实现同步操作。

STEP 01 同步照片

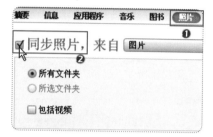

①单击"照片"按钮，②勾选"同步照片"复选框。

STEP 02 单击"选取文件夹"选项

单击下拉列表框，在弹出的列表中单击"选取文件夹"选项。

STEP 03 选择含有图片的文件夹

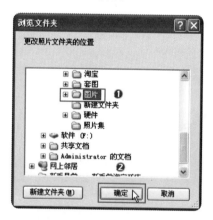

弹出"浏览文件夹"对话框，①选中含有图片的文件夹，②然后单击"确定"按钮。

小提示
避免iPad2与电脑自动同步

当用户连接的电脑不是平常与iPad2同步的电脑时，需要避免自动同步，以防止数据流失。

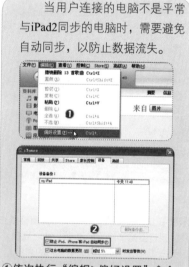

①依次执行"编辑>偏好设置"命令，在弹出的对话框中单击"设备"标签，②勾选"防止iPod、iPhone和iPad自动同步"复选框即可。

STEP 04　应用设置

返回iTunes窗口，单击"应用"按钮同步选中的照片。

1.4　设置 iPad2的属性

关键字　　□ Simple　☑ Normal　□ Hard

通用属性　亮度　墙纸

　　iPad2中最重要的内置程序可以说是"设置"，用户可通过该程序设置iPad2中所有的应用程序(包括iPad2自带的应用程序和新安装的应用程序)、日期与时间、屏幕亮度与墙纸等属性，让您的iPad2具有个性化色彩。

查看iPad2的详细信息

　　iPad2的详细信息包括iPad2中包含的歌曲、视频、照片、应用程序和容量等，用户需要时刻掌握这些信息，以便于更好地管理iPad2。

轻触主屏幕上的"设置"图标，进入新的界面，①在左侧窗格中轻触"通用"选项，②然后在右侧窗格中轻触"关于本机"选项，接着便可查看iPad2的详细信息。

设置屏幕锁

屏幕锁的主要功能是让iPad2自动进入休眠状态，以节约电量，iPad2提供了自动锁定和密码锁定两种方式，这里以较为简单的自动锁定为例介绍其设置方法。

①在"设置"页面中轻触"通用"选项，②然后在右侧轻触"自动锁定"选项。

进入"自动锁定"界面，设定iPad自动锁定的时间，③例如设置为5分钟。

设置日期和时间

iPad2中的日期和时间设置除了包括基本的日期和时间设置外，还可以选择性地设置自己所在的时区。

①在"设置"页面中轻触"通用"选项，②然后在右侧轻触"日期和时间"选项。

进入"日期和时间"界面，①选择开启"24小时制"，②接着设置时区、日期和时间。

设置亮度与墙纸

iPad2的亮度和墙纸对用户有着不小的影响，如果亮度太暗或太亮，都容易对眼睛造成一定的影响，加速视觉疲劳；而长时间使用单一的墙纸同样也会增添疲劳感。因此用户可以根据自己的喜好来设置屏幕亮度，并且定期更换墙纸。

1 设置屏幕亮度

iPad2提供了两种设置屏幕亮度的方法，第一种是手动调节，第二种是让iPad2自动调节，用户可以选择不同的方法进行调节。

①在"设置"页面中轻触"亮度与墙纸"选项，进入"亮度与墙纸"界面。用户既可以通过拖动滑块来手动调节亮度，也可开启自动亮度调节功能让iPad2自动调节亮度。②例如通过拖动滑块来手动调节亮度。

小提示
通过多任务处理栏调节屏幕亮度

用户可以通过多任务处理栏调节屏幕亮度，即连续按两次【HOME】按钮打开多任务处理栏，从左向右滑动手指，出现如下图所示的界面时，便可拖动左侧的滑块来调节屏幕亮度。

2 设置墙纸

是不是觉得iPad2的主屏幕总是那么单调，看一会就觉得很累，其实这就是视觉疲劳。长期对着单一的背景当然会觉得烦了，如果不定期地更换墙纸，也许就会减轻疲劳感了。

iPad2为用户提供了一批精美的墙纸图片，如果用户不喜欢，也可在网络中寻找其他精美的图片，然后将其保存到iPad2中。建议寻找的图片像素为1024×768。

STEP 01 进入墙纸选择设置

进入"亮度与墙纸"页面，轻触"墙纸"栏中的区域。

STEP 02 选择iPad2自带的墙纸

iPad2提供了两种类型的图片，即自带的图片和存储的图片，例如选择iPad2自带的图片。

STEP 03 选择墙纸图片

进入"墙纸"页面，轻触喜欢的墙纸图片。

STEP 04 将图片设为墙纸

此时可预览选中的墙纸图片，轻触右上角的"设定主屏幕"按钮即可将其设为墙纸。

1.5 利用文件夹整理程序图标

 □ Simple ☑ Normal □ Hard

关键字

文件夹　程序图标

文件夹的概念同样存在于iPad2中，当主屏幕上的图标过多时，用户就可以使用文件夹将它们进行归纳和整理，让界面显得更加精简。

创建新文件夹

主屏幕上是否有太多的图标？找寻目标程序是否要花费很长的时间？那就快使用文件夹吧！它不仅能帮助您更好地管理程序图标，而且还能够快速地帮您找到想要运行的程序图标。

STEP 01 激活程序图标

触摸主屏幕中的任意一个图标并按住不放，直到图标开始摆动。

STEP 02 移动程序图标

触摸要移动的程序图标并按住不放，当该图标变大时将其拖动到另一图标所在的位置。

小提示

重新排列程序图标

屏幕上的程序图标并不是一成不变的，用户可以随心所欲地对它们进行排列。

①触摸要移动的程序图标并按住不放，直至图标变大，②将其拖动至目标位置附近的空白处后松开手指，最后按下【HOME】按钮保存设置。

STEP 03 设置文件夹名称

①轻触输入栏右侧的空白区域，弹出屏幕键盘，②设置文件夹的名称。

STEP 04 保存设置

输入完毕后按下【HOME】按钮保存创建的文件夹。

移动程序图标

随着程序图标越来越多，用户也需要对文件夹中的图标进行管理，例如将屏幕上的图标移入文件夹中，将文件夹中的图标移到屏幕上。

1 将屏幕上的图标移入文件夹

iPad2的文件夹可以容纳数十个程序图标，因此用户不用担心文件夹是否会装满，只管往里装图标就行了。

STEP 01 拖动图标

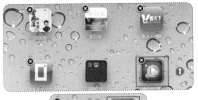

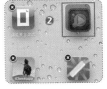

激活程序图标，①按住要移动的图标不放，②当它变大后将其拖动至文件夹所在的位置。

STEP 02 保存设置

松开手指后便可看到图标已移入文件夹中，按【HOME】按钮保存设置。

2 将文件夹中的图标移到屏幕上

既然能够将屏幕上的图标移入文件夹中，那么可不可以将文件夹中的图标移到屏幕上呢？答案是肯定的。

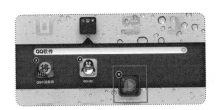

轻触主屏幕上的文件夹图标，在文件夹中激活程序图标，然后按住要移出的图标不放并将其移动到主屏幕中，松开手指后即可看到图标已经移到屏幕上，最后按【HOME】按钮保存设置。

第2章

网上冲浪
追逐新潮流

oh-oh!!

- 怎样让iPad2接入互联网?
- 怎样使用Safari浏览网页?
- 在Safari浏览器中,怎样添加和修改书签?
- 除了Safari之外,还有其他的免费浏览器吗?

拥有iPad2,随时随地都可浏览天下事,而其内置的 Safari 浏览器将为您带来触摸式的冲浪享受!

2.1 接入互联网

☐ Simple   ☑ Normal   ☐ Hard

关键字：互联网　Wi-Fi　无线网络

网上冲浪离不开互联网，而iPad2自带的Wi-Fi功能可以让iPad2连接到附近的无线网络，从而接入互联网。本节将介绍使用Wi-Fi接入互联网的具体操作步骤。

STEP 01 开启Wi-Fi功能

轻触主屏幕上的"设置"按钮 进入"设置"页面，①轻触"Wi-Fi"选项，②接着在右侧开启Wi-Fi功能，③开启后在下方选择要接入的无线网络。

STEP 02 输入无线网络登录密码

弹出对话框，提示用户输入该无线网络的登录密码，输入密码后轻触屏幕键盘上的 Join 按钮。

STEP 03 成功接入无线网络

返回主界面，此时可以看到iPad2已经成功连接到了选定的无线网络。

如果用户在"设置"页面中选择的无线网络右侧有一个挂锁似的图标🔒，则表示该无线网络开启了安全设置，如果要接入该无线网络，需要输入正确的无线网络登录密码。

开启安全设置的无线网络不仅避免了其他人随意接入该互联网，而且保障了发送数据的安全性，不容易被他人嗅探。

2.2 使用Safari浏览网页

☐ Simple ☑ Normal ☐ Hard

Safari浏览器 网页 图片

Safari是iPad2自带的浏览器，与所有其他浏览器一样具有浏览/添加网页和存储网页图片的功能。

认识Safari主界面

Safari浏览器的主界面与PC电脑中的IE浏览器有不小的区别，下面就首先来认识一下Safari的主界面。

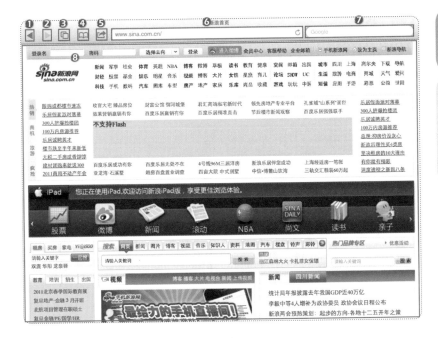

1 显示上一页

轻触该按钮可打开当前页面的上一页面。如果该按钮呈灰色状态，则表示当前打开的页面为初始页面。

2 显示下一页

轻触该按钮可打开当前页面的下一页面。如果该按钮呈灰色状态，则表示当前打开的页面为最终页面。

3 网页切换

该按钮可实现网页的快速切换。轻触该按钮后可在界面中看到所有打开的网页，可以任意选择需要浏览的网页。

4 书签功能

便于存取、管理书签以及书签栏，同时还可以利用该功能查看历史记录，即以前浏览过的网页。

5 添加功能

可将当前打开的网页添加为书签，或者以图标的形式显示在主屏幕中；还可以将该网页的链接以邮件的形式发送给好友。

6 网址栏

用于输入要浏览的网页所对应的网址。如果iPad2没有连接外接键盘，则可以通过虚拟键盘进行输入。其右侧的按钮⟳为刷新按钮。

7 搜索栏

通过输入关键字来快速有效地搜索含有关键字的网页信息。

8 内容页面

该区域显示的是网址栏中网址所对应网页的全部内容。

打开网页

在Safari中打开网页的方法与使用IE浏览器打开网页的方法类似，都是通过输入网页对应的网址来打开的。

STEP 01 启动屏幕键盘

轻触主屏幕上的Safari图标■，然后轻触浏览器中网址栏的空白处，启动屏幕键盘。

STEP 02 输入新浪网页的网址

①利用屏幕键盘输入"www.sina.com.cn"，②然后轻触屏幕键盘中的【Go】按钮。

STEP 03 成功打开新浪网首页

执行上一步操作后可在屏幕中看到打开的新浪网首页，可能由于Safari自身的原因而使得网页中的某些flash无法打开，这属于正常现象。

浏览网页

由于iPad2是利用手指进行操作的，并且网页中的链接不像IE浏览器网页中那样单击时带有下划线，因此用户在浏览网页时可能会有一点不习惯，使用一段时间就能适应了。

STEP 01　用手指向上滑动

由于iPad2屏幕大小的限制，使得首页的内容无法完全显示，此时可用手指在屏幕中向上滑动。

STEP 02　查看未显示的网页内容

将手指离开屏幕后即可看到之前未显示的内容。如果还未达到页面底部，则可使用相同的方法继续查看页面的其他内容。

STEP 03　放大要查看的网页内容

如果觉得显示的字体过小，则可使用两根手指分别向左和右滑动，以放大显示的内容。

STEP 04　选择要浏览的网页内容

此时可看到放大后的效果，接着选择要浏览的内容，轻触对应的文本或图片链接即可。

STEP 05　轻触标题链接

> 意甲-帕托2球造红牌卡萨诺进球染红 米兰3-0国米
>
> 【集锦】帕托42秒闪袭 金头制胜 9爷销魂一笑 卡萨诺染红
>
> 拿下甘索再夺3千万先生？AC米兰转会德比也要逼疯国米
> AC米兰一笔新购犹胜伊布罗比 7年中场最强援价飙1千万
> AC米兰沉睡4年的火山爆发了！伯纳乌大师在圣西罗重现
> AC米兰1人生吃萨内蒂引爆全场 他把C罗埃托奥防成浮云
> 圣西罗80米横幅骂莱昂纳多：你是犹大的私生子(图)
> AC米兰大将命中注定与国米为敌 8年他怒吼回落梅阿查

进入新的页面，轻触标题链接。

STEP 06　浏览详细内容

此时可在新的页面中浏览详细内容。

小提示
关闭网页

在Safari浏览器中关闭网页的操作与IE浏览器中关闭网页的操作有很大的不同，Safari浏览器中关闭网页是通过"网页切换"按钮实现的。

①轻触浏览器顶部的"网页切换"按钮，②然后选中要关闭的网页并轻触其左上角的⊗按钮。

保存网页中的图片

用户如果在浏览网页的过程中看中了精美的图片，则可以将其保存在iPad2的照片库中，其具体的操作步骤如下所述。

STEP 01 轻触"存储图像"按钮

按住网页中的图片不放，直至弹出列表框，然后轻触"存储图像"按钮。

STEP 02 启动照片应用程序

按下【HOME】按钮返回屏幕主界面，接着轻触"照片"图标，启动照片应用程序。

STEP 03 选择刚刚保存的图片

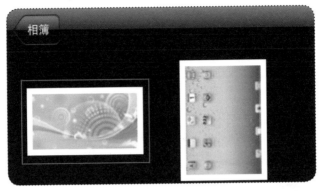

此时可在界面中看到刚刚保存的图片，轻触该图片。

STEP 04 查看放大后的效果图

执行上一步操作后可在界面中看到该图片放大后的效果。

书签的应用与管理

　　用户可能对于Safari浏览器中的书签不怎么熟悉，它其实就相当于IE浏览器收藏夹里的网页，只不过在Safari浏览器中换了一个说法而已。对于Safari浏览器中的书签，可以有3种操作，即添加、移动和删除。

1 添加书签

用户如果在浏览网页的过程中遇到自己感兴趣的论坛网站或者其他网站，可将其添加为书签，其具体的操作步骤如下所述。

STEP 01 轻触"添加书签"按钮

打开需要添加为书签的网页，①轻触网址栏左侧的"书签功能"按钮，②然后在弹出的界面中轻触"添加书签"按钮。

STEP 03 设置书签的保存位置

切换至"书签"界面，选择该书签的保存位置，例如将其保存到书签中，轻触"书签"选项即可。

STEP 02 设置书签信息

①在"添加书签"界面中设置书签的名称和网址链接，②然后轻触下方的含有"书签栏"选项重新设置书签的保存位置。

STEP 04 保存设置

返回"添加书签"界面，此时可看到重新设置保存位置后的显示信息，轻触右上角的"存储"按钮保存退出。

2 移动和删除书签

随着时间的推移，Safari中的书签可能会越来越多，此时就需要用户定期对书签进行整理，将具有相同特征的书签进行归类，将无用的书签直接删除。

STEP 01　开始编辑书签

①在Safari浏览器顶部轻触"书签功能"按钮 📖，②接着在"书签"界面的右上方中轻触"编辑"按钮。

STEP 02　创建新文件夹

接着单击左上角的"新文件夹"按钮。

STEP 03　编辑新文件夹

切换至"编辑文件夹"界面，①在顶部的文本框中输入该文件夹的名称，②然后轻触左上方的"书签"按钮。

STEP 04　选择需要移动的书签

切换至"书签"界面，此时可看到新建的文件夹。然后轻触需要移动的书签。

STEP 05　修改书签的保存位置

切换至"编辑书签"界面，保持该书签的名称和网址链接不变，然后轻触下方的"书签"选项。

STEP 06　重新选择书签的保存位置

切换至"书签"界面，重新选择书签的保存位置为"论坛网站"。

STEP 07 查看设置后的显示信息

返回"编辑书签"界面，此时可看到该书签的保存位置已经变成选中的"论坛网站"文件夹，然后轻触"书签"按钮。

STEP 08 删除无用的标签

进入"书签"界面，选中无用的书签，轻触左侧的⊖按钮，①然后轻触右侧的"删除"按钮将其删除，②最后轻触"完成"按钮。

STEP 09 查看新建的文件夹

轻触"书签"界面中的"论坛网站"选项。

STEP 10 保存设置

进入"论坛网站"界面，可看到前面被移动过来的书签。

2.3 认识原子浏览器

关键字   □ Simple   □ Normal   ☑ Hard

原子浏览器   书签   添加   设置

能够在iPad2上面使用的浏览器除了内置的Safari之外，还有一款功能强大的原子浏览器（Atomic Web Browser），该浏览器可以在App Store中免费下载。

原子浏览器的功能要比Safari浏览器的功能强大，不仅拥有管理书签、保存网页中的图片等功能，而且还拥有全屏观看、多种搜索引擎、私营模式和密码锁等功能，给用户提供了更多的方便。

认识原子浏览器主界面

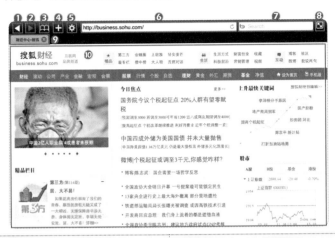

1 显示上一页

该按钮与Safari浏览器的按钮相同，功能也一样，用于当前页面的上一页面。

2 显示下一页

该按钮与Safari浏览器的按钮相同，功能也一样，用于当前页面的下一页面。

3 书签功能

轻触该按钮后可在弹出的列表框中查看添加的书签和历史记录。

4 添加功能

将当前页面添加为书签，或者将其网址发送到Twitter和Facebook中。

5 设置功能

开启或关闭浏览器的私营模式，放大或缩小显示的文本内容。

6 网址栏

用于输入要浏览的网址，轻触时虚拟键盘将会自动弹出。

7 搜索栏

使用不同的搜索引擎来搜索想要查看的网页内容。

8 全屏按钮

轻触该按钮将会以全屏的模式浏览打开的网页。

9 标签栏

用于显示当前网页的名称，单击右侧的+按钮就可以添加新的空白网页。

10 内容页面

该区域显示网址栏中网址所对应网页的全部内容。

菜单选项说明 ··

　　由于原子浏览器的显示语言为英语，可能用户在使用的时候会因为不了解某些选项的含义而无法操作，因此这里对书签、添加、设置和搜索栏中的菜单选项进行一一注释，旨在让用户能够更好地使用该浏览器。

① 书签菜单

　　书签菜单包括历史记录和书签两大块，既可查看历史记录和书签，也可以通过"编辑"按钮对书签和历史记录进行删除等操作。

① "编辑"按钮
用于查看历史记录或编辑书签

② 历史记录
查看浏览过的网页

③ 书签栏
显示添加到浏览器中的书签

④ 新建书签
输入书签的名称和网址，新建书签

⑤ 新建文件夹
新建一个文件夹，用于归纳与装载书签

② 添加菜单

　　添加菜单中通常包括添加书签、发送URL以及打印网页等功能选项。

1 添加为书签
将当前网页添加为书签

2 用Safari打开
用Safari浏览器打开当前网页

3 发送URL
以邮件的形式向好友发送该网页的URL

4 传送URL至Facebook
将当前网页的地址发送到Facebook中

5 传送URL至Twitter
将当前网页的地址发送到Twitter中

6 打印网页
利用打印机将当前网页打印出来

 设置菜单

设置菜单中通常包括开启私营模式、改变字体的显示大小以及隐藏标签栏等功能选项。

1 禁用私营模式
关闭浏览器的私营模式

2 旋转锁
启用此功能来锁定当前屏幕方向

3 放大字体的显示大小
放大网页中字体的显示大小

4 缩小字体的显示大小
缩小网页字体的显示大小

5 隐藏标签栏
将浏览器的标签栏隐藏

6 设置浏览器
对浏览器的显示性能、搜索引擎进行详细设置

第3章

网络交流
新体验——
QQ、MSN和微博

- 怎样使用QQ 添加好友与聊天?
- 怎样使用MSN与好友聊天?
- 怎样在新浪微博中查看他人的信息?
- 怎样在Mail中回复好友的邮件?
- 如何实现可视聊天?

　　iPad2的便携性使得网络通信变得更加灵活,无论您是在咖啡厅还是在火车上,都能够与好友随时保持联系。

3.1 iPad2中的企鹅——QQ HD

☐ Simple ☑ Normal ☐ Hard

关键字

QQ 添加好友 聊天

　　腾讯公司专门设计开发了能够在iPad上运行的QQ聊天软件，用户在手指的轻触与滑动之间，就能轻松使用该软件进行聊天、发送图片或管理好友等操作。基于iPad2的实物化体验和高品质视觉界面，让您玩转指间世界，沟通更具创意。

登录QQ

　　用户在iPad2中登录QQ与在PC电脑上登录QQ都一样，需要输入正确的QQ账号和密码方能成功登录。

启动QQ HD程序，①在登录界面中通过屏幕键盘输入QQ账号和密码，②然后轻触【Sign In】按钮。如果输入的账号和密码正确，会自动进入QQ主界面。

小提示

自动登录QQ HD

QQ HD目前的功能虽然没有PC电脑上的QQ功能强大，但是它也具有记录QQ账号和QQ密码自动登录QQ的功能，只需在QQ HD登录界面中激活Remember my password和Sign in automatically两个选项即可。

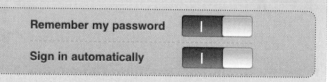

添加好友

在QQ HD中添加好友要注意一点，即只能通过好友的QQ账号进行添加，而无法利用好友的QQ昵称进行添加。在QQ HD中添加好友的操作步骤如下所述。

STEP 01 输入好友的QQ账号

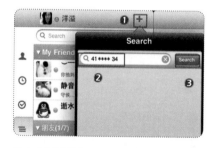

①在主界面的左上角单击 ➕ 按钮，②在弹出的Search界面中输入好友的QQ账号，③然后轻触【Search】按钮。

STEP 02 查看搜索的好友

接着在界面中可以看到与QQ账号匹配的唯一搜索结果，轻触该选项。

STEP 03 选组设置

进入Add a contact界面，①首先在文本框中输入验证信息，②然后轻触Add to选项，进行选组设置。

STEP 04 选择分组

进入Choose Group界面，①选择合适的分组，②然后再轻触【Add a contact】按钮。

STEP 05 发送添加请求

返回上一级界面，确认设置信息无误后轻触右上角的【Send】按钮，向好友发送添加请求。

STEP 06 发送成功

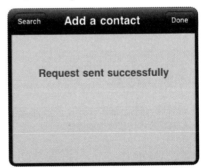

此时显示了Request sent successfully的提示信息，即成功发送了添加请求，只需等待对方同意请求即可添加成功。

与好友聊天

QQ HD是一款即时通信软件，它的主要功能就是聊天，但是怎样在iPad2中操作呢？看了下面的操作步骤您就知道了。

STEP 01　输入聊天内容

①在主界面左侧的好友列表中轻触好友头像，②接着在右侧输入聊天内容。

STEP 02　选择QQ表情

①轻触输入栏右侧的◎按钮，②接着在下方的表情库中选择合适的表情。

STEP 03　发送聊天信息

选中表情后可在输入栏中看到表情对应的代码，然后轻触"发送"按钮。

STEP 04　查看好友回复的聊天信息

此时可在屏幕的右侧看到自己发送的消息，如果好友回复了消息，也可以在这里看到。

小提示
关闭聊天窗口

①用户若想关闭QQ HD聊天窗口，首先要轻触界面右上角的"展开"按钮◻，然后在新的界面中选中要关闭的窗口，②再轻触其左上角的"关闭"按钮⊗。

退出QQ HD

在iPad2中退出应用程序可不只是按下【HOME】按键那么简单，还需要在多任务处理栏中彻底关闭应用程序。这里以关闭QQ HD应用程序为例介绍退出应用程序的操作方法。

STEP 01　注销登录的QQ账户

①轻触左上角的QQ头像，②然后在弹出的界面中轻触【Sign Out】按钮。

STEP 02　确认注销

弹出提示，询问用户是否确定注销，直接轻触【Sign Out】按钮。

STEP 03　打开多任务处理栏

按【HOME】按钮进入主屏幕，然后再连续按两次【HOME】按钮进入多任务处理栏。

STEP 04　退出QQ HD

按住QQ HD图标不放，直至图标开始左右摆动，然后轻触左上角的"删除"图标 即可退出QQ HD。

3.2 Air MSN Messenger HD

关键字

☐ Simple ☑ Normal ☐ Hard

通过MSN的API插件，能让用户在iPad2上也能和MSN好友进行即时交流和沟通。在这个互联网日益盛行的年代里，拥有这样的交流工具，无疑会让生活更加丰富多彩。

添加MSN好友

由于MSN的账户名都是邮箱名称，因此用户若要添加好友，一定要明确好友的MSN账户名，否则将无法成功添加。

STEP 01 登录MSN

启动Air MSN Messenger HD程序，①在登录界面输入账号和密码，②然后轻触【Login】按钮。

STEP 02 轻触"添加"按钮

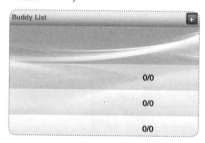

登录成功后进入主界面，轻触右上角的"添加"按钮 。

STEP 03 输入好友的账户名

进入新的页面，①在Buddy Account文本框中输入好友的MSN账户名，②接着设置该好友所在的分组，例如将其放入"同事"组中，③然后轻触【Save】按钮。

STEP 04 添加成功

弹出Add Friend对话框，提示用户添加好友成功，轻触【OK】按钮。

STEP 05 查看添加的好友

如果对方同意了添加请求，将会在主界面中显示好友的昵称。

与好友畅聊

Air MSN Messenger HD的聊天环境与QQ HD不同，它没有QQ HD的聊天环境那么华丽，但是它别具一格的聊天背景却过目难忘，不信吗？就来瞧瞧吧！

STEP 01 选择好友

在Air MSN Messenger HD主界面中选择要聊天的好友。

STEP 02 输入聊天内容

进入聊天界面，①在文本框中输入聊天信息，②然后轻触"表情"图标。

STEP 03　选择合适的表情

在展开的表情库中选择合适的表情，例如选择"微笑"。

STEP 04　发送聊天信息

①轻触"屏幕键盘"按钮，②然后轻触【Send】按钮发送聊天信息。

STEP 05　查看发送成功的聊天信息

执行上一步操作后可在界面中看到发送成功的聊天信息。

STEP 06　查看好友回复的聊天信息

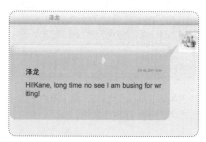

如果好友回复了信息，同样可在界面中看到详细信息。

3.3 "围脖"你也会织——新浪微博

□ Simple　☑ Normal　□ Hard

关键字　新浪微博　留言

　　微博已经成为当今最流行的互动工具之一。由于微博广泛分布在桌面、浏览器、移动终端等多个平台上，无论是名人还是草根，都可以随时随地与他人分享自己在微博上的留言。

查看他人发布的信息

当用户拥有一个属于自己的微博后，就可以查看其他人发布的信息，具体的操作步骤如下所述。

 输入新浪微博的账号和密码

启动新浪微博程序，①在登录页面中输入账号和密码，②然后轻触"登录"按钮。

 选择要浏览的信息

 查看其详细内容

新浪财经
【媒体称个税调整以月收入2万元为分水岭】经济观察网消息，据参与个税改革讨论的人士说，此次个税改革总体目标是，使月收入2万以下的纳税人税负明显下降，2万以上的纳税人税负稳步增加，收入越高，税额增加越多。http://sinaurl.cn/h5KTcL

登录成功后在主页中可以看到他人发布的信息，选择要浏览的信息。

新浪财经
【媒体称个税调整以月收入2万元为分水岭】经济观察网消息，据参与个税改革讨论的人士说，此次个税改革总体目标是，使月收入2万以下的纳税人税负明显下降，2万以上的纳税人税负稳步增加，收入越高，税额增加越多。http://sinaurl.cn/h5KTcL

接着可在屏幕右侧查看该条信息的详细内容。

自己发布信息

浏览了别人发布的信息后，是不是自己也跃跃欲试呢？那么按照下面的操作步骤自己也来发一条吧！

 输入微博信息

查看自己发布的信息

在主页左下方轻触"留言"按钮，弹出对话框，①输入信息，②轻触"发送"按钮。

轻触左侧的"查看"按钮，此时便可在界面中看到自己刚刚发布的信息。

关注好友

在微博里，没有添加好友这种说法，只有关注好友，关注好友后，对该好友发布的信息都可以随时查看。下面就介绍关注好友的设置步骤。

STEP 01 输入关键字

①轻触"搜索"按钮，②在搜索栏中输入好友微博昵称的关键字，③然后轻触"搜索"按钮。

STEP 02 查看搜索的结果

接着可在下方看到搜索的结果，确认好友后轻按其头像图标。

STEP 03 关注好友

轻触"加关注"按钮，若该按钮变成"取消关注"按钮则表示设置成功。

更换微博背景

新浪网为自己的微博提供了5种背景图片，用户完全可以选择自己喜欢的图片作为微博的背景。

选择背景图片

①轻触左下角的"更换背景"按钮 ，②在弹出的列表中选择满意的背景图片。

 查看更换后的显示效果

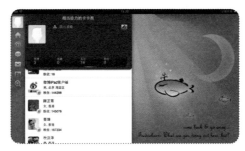

执行上一步操作后可在屏幕中看到更换背景图片后的显示效果。

3.4 使用Mail轻松收发邮件

关键字   □ Simple ☑ Normal □ Hard

Mail 邮件

    iPad2内置的Mail程序不仅具有接收和发送邮件的功能，还具有自动记录邮箱账号和密码的功能，只要进行一次设置，以后就再也无须经过烦琐的登录了。

添加邮箱账户

iPad2内置的Mail程序具有自动记忆的功能，当用户成功添加一个邮箱账户后便无须反复设置登录。添加邮箱账户的操作步骤如下所述。

STEP 01 启动Mail程序

轻触主屏幕中的Mail图标。

STEP 02 选择邮箱类型

接着选择邮箱的类型，这里轻触"其他"选项。

STEP 03 输入地址和密码

①在"新建账户"界面中输入名称、地址和密码信息，②然后轻触"下一步"按钮。

STEP 04 添加成功

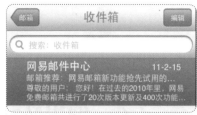

如果输入的地址和密码正确，则会在左上角显示该邮箱的收件箱，即已成功添加邮件账户。

向好友发送邮件

邮箱账户添加成功后，用户就可以尝试着向好友发送邮件，发邮件的基本操作与PC电脑上类似，都需要添加收件人的邮箱地址方可成功发送。

STEP 01 轻触"写邮件"按钮

启动Mail程序，接着在界面右上角轻触"写邮件"按钮 。

STEP 02 输入邮件内容

弹出"新邮件"窗口，首先输入邮件的
内容。

STEP 03 发送邮件

①接着输入邮件的收件人、抄送和主题，
②然后轻触"发送"按钮，即可将该邮件
发送给好友。

回复邮件

Mail程序会自动显示邮箱内未读邮件的数量，用户浏览这些未读邮件后便
可选择需要回复的邮件进行回复。

STEP 01 启动Mail程序

当邮箱接收到未读邮件时，主屏幕的Mail
图标右上角会显示未读邮件的数量，轻触
该图标，启动Mail程序。

此时可在"收件箱"界面中看到所有未读邮件，选择需要回复的未读邮件，接着可在右侧看到该邮件的详细内容。

STEP 03 轻触"回复"按钮

STEP 04 输入回复的内容

①轻触界面右上角的"转发"图标，②在弹出的列表中轻触"回复"按钮。

①在弹出的界面中输入回复邮件的内容，②然后轻触右上角的"发送"按钮。

3.5 可视聊天——FaceTime

□ Simple   ☑ Normal   □ Hard

关键字

可视聊天   FaceTime

几十年来，人们一直梦想着可以使用可视电话，随着iPhone4的出现，FaceTime让这个梦想变成了现实。现在不仅iPhone4能够使用FaceTime，iPad2同样也能使用FaceTime。

使用FaceTime首先要满足两个条件，第一是Wi-Fi打开并成功接入互联网；第二是必须通过输入Apple ID来激活FaceTime。

用户初次使用FaceTime时需要自行添加联系人，添加的联系人必须拥有iPhone4、iTouch4或iPad2，否则将无法成功进行视频聊天。

FaceTime和3G视频通话并不相同，前者只能在Wi-Fi环境使用，而后者必须在3G网络环境下交流。从本质上来说，FaceTime就是"苹果的免费版Skype"。

第**4**章

小说动漫
想看就看

- iBooks支持哪些格式的电子书?
- 怎样使用Calibre制作ePub电子书?
- 哪些网站能够下载免费漫画?
- 怎样将漫画导入CloudReader的书架中?

iPad2提供了两款免费的电子书阅读器,即iBooks和CloudReader,其中iBooks具有自然书翻页的视觉效果,而CloudReader提供了从左到右或从右到左两种漫画浏览方式。

4.1 使用iBooks阅读电子书

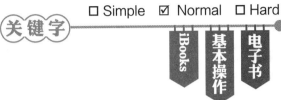

□ Simple　☑ Normal　□ Hard

关键字

iBooks　基本操作　电子书

iBooks是由苹果公司推出的一款免费电子书阅读软件，它不仅支持PDF、ePub格式的电子书，还内置了iBooks Store（电子书商店）。

下载iBooks电子书阅读器

iBooks是一款免费的软件，用户可在iTunes Store中下载后将其同步到iPad2中，也可直接在App Store中下载。这里介绍在App Store中下载该软件的操作步骤。

STEP 01　输入iBooks关键字

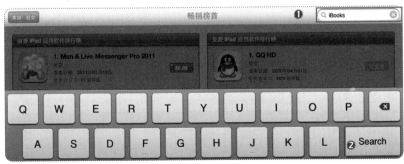

启动App Store程序，①在右上角的搜索栏中输入iBooks，②然后轻触【Search】按钮。

STEP 02 免费下载iBooks程序

STEP 03 安装iBooks程序

搜索页面将列示搜索到的iBooks程序，轻触"免费"按钮。

继续轻触"安装应用软件"按钮返回主屏幕，耐心等待至iBooks程序下载完毕。

iBooks的基本操作

　　iBooks在界面的设计上延续了苹果的一贯特色与风格，木质的虚拟书架让收藏与拥有书籍变成一种成就与享受。而在阅读功能的设计上，iBooks拥有更接近自然纸本阅读的自然操作，并且辅以数字阅读的优点。这样的设计不仅让iBooks软件显得更为独特，同时也使iPad2成为最棒的电子阅读设备。

① 认识iBooks主界面

　　iBooks的主界面犹如一个木质的书架，功能比较简单，下面就来认识一下该主界面的组成元素。

1 书店
轻按该按钮可进入iBook Store电子书商城，可以购买或下载电子书。

2 精选
用于编辑或修改iBooks中的书架，默认情况下包含图书和PDF两个书架。

3 封面模式
将电子书以封面缩略图的方式显示在屏幕中。

4 列表模式
将电子书以列表的方式显示在屏幕中。

5 编辑
用于管理iBooks中的电子书，可进行移动和删除操作。

6 电子书放置区
此区域中显示了所存放的电子书，不同的模式对应不同的显示效果。如上页下图所示即为封面模式下的显示效果。

小提示
列表模式下的显示效果

iBooks中的列表模式提供了图书搜索与进阶排序等功能，用户可以通过输入关键字进行搜索，还可以利用底部的书架、书名、作者和类别对书籍进行排序。

2 管理图书

对于iBooks中的图书管理，除了可以利用iTunes软件进行添加、移动和删除操作外，用户还可以直接在iBooks程序中对图书进行管理。

STEP 01 轻触"编辑"按钮

进入iBooks主界面，在封面模式下轻触右上角的"编辑"按钮。

STEP 02 选择要移动或删除的书籍

接着在下方选择要移动或删除的书籍。

STEP 03 移动选中的书籍

STEP 04 查看移动后的书籍

①若要移动该书则轻触"移动"按钮，②在弹出的界面中选择书架，如选择PDF。

此时界面自动切换到PDF书架，并且保存了刚刚选中的书籍。

3 下载免费图书

iBooks Store的出现让iBooks有了展示的舞台，它是专为iBooks量身定做的电子书选购平台，只需要一个App Store账户，您就能随意地下载iBooks Store中的电子书。

STEP 01 轻触"书店"按钮

打开iBooks主界面，轻触"书店"按钮。

STEP 02 选择书籍类别

①轻触"类别"按钮，②这里选择小说与文学。

STEP 03 选择要下载的书籍

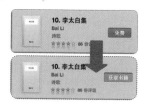

此时可在界面中选择要下载的书籍，轻触"免费"按钮，接着轻触"获取书籍"按钮。

STEP 04 下载成功

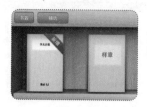

界面自动进入iBooks主界面，只需耐心等待该书籍下载完毕即可。

小提示

创建Apple Store账户

用户若想从App Store中下载软件，首先需要创建一个属于自己的Apple Store账户，具体操作步骤如下。

STEP 01 进入登录界面

在电脑上启动iTunes程序，依次单击左侧的"STORE>iTunes Store"选项，然后在右侧单击"登录"按钮。

STEP 02 设置登录资料

弹出iTunes对话框，单击"创建新账户"按钮，然后便可按照界面中的提示一步步进行操作即可完成创建。

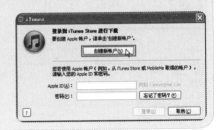

阅读电子书

在使用iBooks阅读电子书的过程中，用户不仅能够体验阅读自然书籍的效果，而且还能够随意设置字体大小和屏幕的显示亮度。

STEP 01 选择要阅读的书籍

打开iBooks主界面，选择要阅读的书籍，例如在PDF书架中选择"隋唐演义"。

STEP 02 翻至下一页

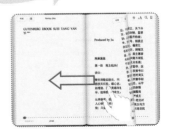

此时可看到当前书籍的显示效果类似自然书，使用手指在屏幕右侧向左拖动即可翻页。

STEP 03　调节屏幕亮度

①轻触界面右上角的"亮度"按钮☀，
②接着即可在界面中拖动滑块调节屏幕
亮度。

STEP 04　设置字体大小

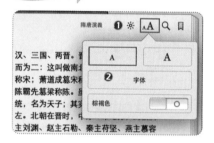

①轻触界面右上角的"字体"按钮ᴀA，
②接着即可在界面中选择小字体。

STEP 05　更改字体

轻触"字体"按钮后可在列表框中看到6
种字体，选择自己喜欢的字体。

STEP 06　输入关键字

①轻触右上角的"搜索"按钮，②在弹出
的搜索栏中输入关键字，③然后轻触"搜
索"按钮。

STEP 07　查看搜索结果

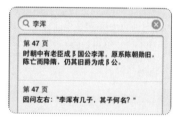

执行上一步操作后可在对话框中看到搜索
结果。

STEP 08　添加书签

如果想要将当前页添加为书签，则轻触右
上角的"字体"图标▯即可。

STEP 09 快速切换至其他页面

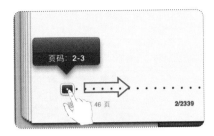

将手指按住底部的快速切换滑块时，可看到当前的页码，按住该滑块不放，然后将其拖动至其他位置。

STEP 10 查看切换后的页面

在拖动的过程中，滑块上方显示的内容会发生变化，当显示内容为所要的页码时立即松开手指，即可快速切换至目标页面。

◥小提示
在电子书中添加备注信息

如果用户在浏览电子书的过程中需要对某些信息加着重符号，则可以选中这些信息，然后让其处于高亮显示状态或为其添加备注信息。

使用双指触碰后拉开的动作选择目标区域，①然后轻触"高亮显示"按钮。

此时可看到选中的文本呈高亮显示。若想去掉高亮，②轻点选中区域中的任一点，③再轻触"移除高亮显示"按钮即可。

若要添加备注信息，则首先要选中目标文本，①然后轻触"备注"按钮，②在弹出的黄色界面中输入备注信息，③然后轻触处于阴影状态的区域，便可看到添加备注后的效果。

4.2 制作ePub电子书

☐ Simple　☐ Normal　☑ Hard

如果某些电子书支持ePub的标准，用户则可以使用Calibre软件将PDF格式轻松转换为ePub格式。使用该格式，iBooks能提供更多阅读方面的进阶功能。

下载Calibre

Calibre是一款免费的电子书管理软件，是一个完整的电子图书馆，拥有图书馆管理、格式转换以及电子书阅读器同步等功能，用户可在其官方网站上（http://calibre-ebook.com/）下载该软件。

STEP 01　选择下载Calibre软件

打开Calibre官方网站，然后在右侧单击【DOWNLOAD CALIBRE】按钮。

STEP 02　选择操作系统

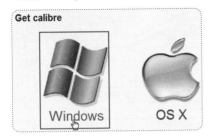

Calibre软件同时支持Windows、OS X和Linux 3类操作系统，这里选择Windows操作系统。

STEP 03　下载Calibre软件

进入新的页面，直接单击"Download Calibre"选项。

STEP 04　选择保存安装程序

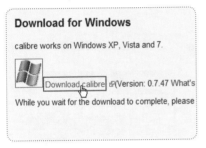

弹出"文件下载 安全警告"对话框，单击"保存"按钮。

STEP 05　设置保存位置和文件名

弹出"另存为"对话框，①在"保存在"下拉列表中选择保存位置，②然后输入文件名，③最后单击"保存"按钮。

STEP 06　正在下载Calibre

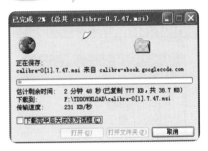

返回上一级对话框，此时可看到该软件下载的进度、剩余时间等信息。

STEP 07　下载成功

下载完毕后打开前面设置的保存位置，此时可看到Calibre的安装程序。

将PDF电子书转换成ePub格式

　　虽然iBooks直接支持PDF格式的电子书，但转换为ePub的专用格式后能使用更多阅读上的进阶功能。这里将介绍使用Calibre将PDF电子书转换成ePub格式的操作方法。

 单击"添加书籍"按钮

启动Calibre程序，在工具栏中单击"添加书籍"按钮。

STEP 02 选择要添加的书籍

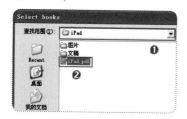

弹出Select books对话框，①选择电子书所在的位置，②然后双击要添加的PDF文件。

STEP 03 进入编辑元数据

返回主界面，在工具栏中单击"编辑元数据"按钮。

STEP 04 编辑元数据

弹出新的对话框，①添加ISBN等信息，②然后单击"浏览"按钮。

STEP 05 选择封面

①在弹出的对话框中选择封面图片所在的位置，②然后双击作为封面的图片。

STEP 06 单击"确定"按钮

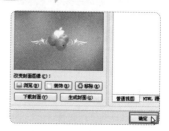

返回上一级对话框，确认选择的封面图片无误后单击"确定"按钮。

STEP 07 单击"转换书籍"按钮

返回Calibre主界面，在工具栏中单击"转换书籍"按钮。

STEP 08 设置输出配置文件

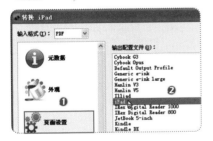

弹出"转换iPad"对话框，①单击左侧列表框中的"页面设置"选项，②然后在右侧的"输出配置文件"列表框中选中iPad。

STEP 09 查看任务

格式: PDF
标签: CH019-1938
路径: 点击打开
无

单击"确定"按钮返回Calibre主界面，然后单击右下角的"任务：1"选项。

STEP 10 正在转换电子书格式

弹出新的对话框，此时可看到电子书格式转换的进度和所用时间。

STEP 11 打开包含目录

转换完毕后关闭对话框，右击刚刚转换成功的电子书选项，在弹出的快捷菜单中选择"打开包含目录"命令。

STEP 12 查看转换成功的电子书

此时可在自动打开的窗口中看到转换成功的ePub电子书。

4.3 免费下载漫画

 ☑ Simple ☐ Normal ☐ Hard

随着iPad2的出现，网络中有不少的网站为iPad用户提供了免费的资源，包括电子书、壁纸和漫画等。这里以多玩网为例介绍免费下载漫画的操作步骤。

STEP 01 打开iPad2多玩网

利用PC电脑启动IE浏览器，在地址栏中输入"http://iPad.duowan.com/"后按【Enter】键，打开iPad2多玩网首页。

STEP 02 查看更多的iPad漫画

拖动右侧的滚动条，在iPad漫画右侧单击"更多"链接。

STEP 03 翻页查找感兴趣的漫画

进入iPad漫画首页，如果当前页面没有感兴趣的漫画，可以在页面的底部单击【2】选项按钮翻至第2页查找。

STEP 04 选中要下载的漫画

在页面中找到自己感兴趣的漫画，单击其右侧的"点击下载"链接。

STEP 05 下载第一话

进入漫画下载页面，拖动右侧的滚动条，在页面中可以看到红色字体显示的链接。单击第一话的链接开始下载。

STEP 06 使用优蛋下载漫画

进入新的页面，在"文件下载地址"下方单击"优蛋专用下载链接"链接，使用优蛋下载第一话。

小提示
优蛋只适用于IE

优蛋是一款用户端应用程序，它支持快速下载、断点续传、批量上传/下载等诸多功能，但是它目前只支持IE浏览器，不支持非IE浏览器。

STEP 07 重新输入文件名

弹出"新建任务"对话框，①在"文件名"文本框中重新输入该漫画的文件名，②并且在下方设置漫画的保存位置，③然后单击"立即下载"按钮。

STEP 08 查看下载的进度

此时可在优蛋主界面中看到漫画的大小和下载的速度以及进度，只需耐心等待即可。

STEP 09 下载成功

打开STEP07中设置的保存位置所对应的窗口，此时可看到下载成功的漫画。

4.4 使用CloudReaders看漫画

 关键字

☐ Simple ☐ Normal ☑ Hard

CloudReaders是一款免费的电子书阅读软件,它不但支持PDF、CBZ和CBR格式的电子书,还可以用来查看PDF格式的漫画或者ZIP、RAR格式的漫画压缩包。

将漫画导入CloudReaders

当用户从网络上下载漫画之后,便可以采用两种不同的方法将这些漫画导入CloudReaders,第一种方法是利用iTunes同步漫画,另一种方法是利用Wi-Fi上传漫画。

① 利用iTunes同步漫画

如果按照"同步电脑与iPad2"小节中介绍的方法将漫画同步到iPad2中,则只能在iBooks中浏览。而如果想要将其同步到CloudReaders中,则需要按照下面的步骤进行操作。

STEP 01 查看CloudReaders程序

将iPad2连接到PC电脑上,然后打开iTunes主界面窗口,①单击左侧的my iPad选项,②然后在右侧的"应用程序"栏中单击CloudReaders选项。

STEP 02　单击"添加"按钮

接着在"'CloudReaders'的文档"栏中单击"添加"按钮。

STEP 03　选择要添加的漫画

弹出iTunes对话框，①在"查找范围"下拉列表中选择漫画所在的位置，②然后选择漫画，③单击"打开"按钮。

STEP 04　查看添加的漫画

返回iTunes主界面，此时可以看到添加成功的漫画。

STEP 05　进入CloudReaders查看

在iPad2中轻触CloudReaders程序图标，接着可在My Bookshelf中看到添加的漫画。

2 利用Wi-Fi上传漫画

CloudReaders提供的Wi-Fi功能可以不用数据线就将漫画上传至软件中，但是需要同时使用PC电脑和iPad2，其具体的操作步骤如下所述。

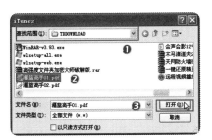

STEP 01 　轻触Wi-Fi图标

启动CloudReaders程序，在主界面的左下角轻触Wi-Fi图标。

STEP 02 　记下上传网址

进入Wi-Fi传输模式页面，记下页面中显示的上传网址。

STEP 03 　单击"浏览"按钮

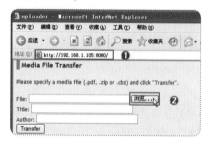

①在IE浏览器地址栏中输入上面记下的网址后按【Enter】键，②然后在窗口中单击"浏览"按钮。

STEP 04 　选择要上传的漫画

弹出"选择文件"对话框，①在"查找范围"下拉列表中选择漫画的保存位置，②然后选择要上传的漫画，③单击"打开"按钮。

STEP 05 　开始上传漫画

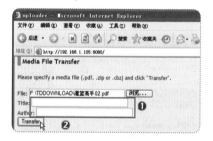

返回主页面，①用户可添加漫画的标题和作者信息，②然后单击【Transfer】按钮。

STEP 06 　上传成功

使用Wi-Fi上传比同步要慢很多，需要用户耐心等待一段时间，当页面中显示Success时，则说明上传成功。

STEP 07 查看上传成功的漫画

在iPad2的Uploading over WiFi页面中轻触右上角的【Done】按钮，即可在My Bookshelf页面中看到上传成功的漫画。

在CloudReaders中看漫画

CloudReader阅读软件虽然没有iBooks那种自然翻书的效果，但是它的滑动翻书效果更适合看漫画，并且还可以根据个人的喜好选择向前阅读还是向后阅读。

STEP 01 选择要浏览的漫画

①启动CloudReaders程序，②在My Bookshelf界面中选择要浏览的漫画。

STEP 02 翻至下一页

选中后可在屏幕中浏览显示的画面，若想翻至下一页，使用手指在屏幕上向左滑动即可。

STEP 03 继续浏览漫画

此时可在屏幕右侧看到新的漫画内容，使用相同的操作可继续浏览漫画。

STEP 04 锁定屏幕转动方向

当用户轻触一下屏幕中心时，会弹出CloudReaders的功能选项，例如在右上角轻触"锁定"图标■即可锁定屏幕。

CloudReaders的荧光笔工具

CloudReaders中的荧光笔工具插件neu.Notes需要单独下载，该工具提供了黑、红、绿、蓝、黄和紫6种荧光笔供用户在漫画的任一页中添加备注。

STEP 05 设置屏幕亮度

①轻触屏幕右上角的▦选项，弹出亮度调节界面，②使用手指拖动屏幕上圆形滑块，即可调节屏幕的亮度。

STEP 06 查看当前的阅读模式

当屏幕右上角的阅读模式按钮呈▉状态时，则说明用户需要按照从左至右的顺序阅读漫画。

STEP 07 更换阅读模式

轻触一下"从左到右阅读"图标▉，其会变成"从右到左阅读"▉，此时用户需要按照从右到左的顺序阅读漫画。

STEP 08 返回书架

如果浏览完该集漫画，可轻触左上角的【My Bookshelf】按钮返回书架继续阅读其他漫画。

第5章

不花一分钱 观看高清视频

Oh-oh!!

- 怎样使用"视频"程序观看免费影片?
- Oplayer为什么被称为流媒体播放器?
- Air Video是否包含服务器和客户端两部分?
- "迅雷看看HD"里能够本地保存喜欢的电影吗?

　　iPad2具有高音质和高分辨率,适合观看电影和视频。既然能够使用电脑观看免费高清视频,那么利用iPad2是否也可以免费观看呢?答案当然是肯定的。本章内容将介绍使用iPad2免费观看高清视频的常用方法。

5.1 随身电影院——视频

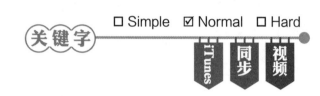

关键字 □ Simple ☑ Normal □ Hard

iTunes 同步 视频

"视频"是iPad2的一款免费内置程序,利用它可以观看M4V、MP4和MOV等多种格式的视频,这些视频资源可以从PC电脑上通过iTunes同步获取。iPad2拥有9英寸的屏幕和超强的图像处理能力,完全可以使用户感受到强有力的视觉冲击。

同步电脑中的影片

用户固然可以在PC电脑上下载很多高清影片,但是若想使用相同的方法在iPad2中下载免费电影是行不通的。若想将PC电脑中的高清影片转移到iPad2中,还需要通过iTunes来实现。

STEP 01 添加电影

打开高清电影所在的窗口,启动iTunes应用程序,①选中高清电影,②并将其拖动至iTunes窗口左侧的"影片"选项处。

STEP 02 查看添加的电影

拖动至合适位置处后释放鼠标左键，接着即可在右侧看到添加的电影。

STEP 03 同步1个最近的影片

连接iPad2与PC电脑，①在"影片"下方勾选"同步影片"复选框，②并设置自动包括1个最近的影片。

STEP 04 开始同步

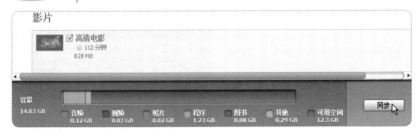

在"影片"列表框中可看到刚刚添加的影片，并且处于自动选中状态，只需单击"同步"按钮即可将其同步到iPad2中。

▶ **小提示**
iTunes支持的影片格式

> iTunes无法支持所有格式的影片，它只支持使用H.264、MPEG-4和Motion JPEG编码的m4v、mp4与mov格式。而像wmv和rmvb之类的格式却无法支持，也就是说将该类格式的影片拖入iTunes中是无法识别的，会导致添加失败。

观看高清视频

完成同步后，用户便可在iPad2中启动"视频"程序观看影片。在观看的过程中，用户除了可以查看选中影片的长度、大小以及编解码器等信息外，还可以放大或缩小影片在屏幕中的显示比例。

STEP 01　启动"视频"程序

在iPad2的主屏幕中轻触"视频"图标，启动"视频"程序。

STEP 02　选择要观看的影片

进入"视频"主界面，①轻触顶部的"影片"按钮，然后在界面中可看到刚刚导入的影片，②选择该影片。

STEP 03　查看影片的详细信息

进入新的界面，此时可看到该影片的长度、尺寸、大小等信息，同时还可以在右侧预览该影片的缩略图，然后轻触"播放"按钮 ▶。

STEP 04　放大影片显示比例

此时屏幕中即可播放选择的影片，如果觉得当前影片的显示比例较小，轻触右上角的"展开"按钮 ⬍。

STEP 05　同步影片

此时可看到放大比例后的显示效果，同时其右上角的"展开"按钮 ⬍ 变成了"还原"按钮 ▭。

小提示

启动"视频"程序的自动记忆功能

"视频"程序本身具有自动记忆的功能，它能够记忆在上次关闭时视频停止的地方，并且再次打开该视频后会自动从上次停止的地方开始播放。启动"视频"程序自动记忆功能的操作步骤为：启动主屏幕上"设置"程序，①轻触左侧的"视频"选项，②接着在右侧设置开始播放的选项为"从上次停止的地方"即可。

 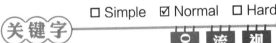

5.2 流媒体播放器——OPlayer

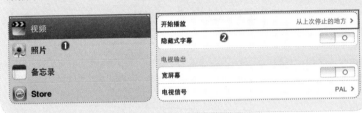

□ Simple　☑ Normal　□ Hard

关键字

OPlayer　流媒体　视频

OPlayer不仅能够播放iPad2中的视频，而且还能播放网络中的视频。之所以称之为流媒体播放器，是因为它在播放网络视频时无须等待整个文件下完，只需经过几秒或数十秒的启动延时即可进行观看，视频播放的同时在后台自动下载文件的剩余部分。

播放本地视频

OPlayer播放器不仅支持m4v、mp4与mov格式的视频播放，而且还支持播放wmv、rmvb等格式视频。这里以播放rmvb格式的视频为例介绍使用iPad2播放本地视频的操作步骤。

STEP 01 选中OPlayer 播放器

 **STEP 03** 选择视频

连接iPad2与PC电脑，启动iTunes程序，①单击窗口左侧的my iPad2选项，②然后在右侧的"应用程序"栏中选中OPlayer播放器。

弹出iTunes对话框，①选中要添加的视频，②然后单击"打开"按钮。

 STEP 02 单击"添加"按钮

STEP 04 查看添加的视频

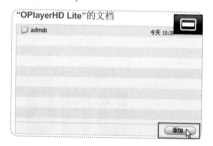

接着在右侧的"'OPlayerHD Lite'的文档"列表框中单击"添加"按钮。

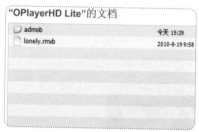

返回iTunes界面，此时可在"'OPlayerHD Lite'的文档"列表框中看到添加的视频。

STEP 05 同步添加的视频

用户可使用相同的方法添加其他的视频文件，添加完毕后单击"应用"按钮即可将其同步到iPad2中。

STEP 06　启动OPlayer程序

在App Store中下载OPlayerHD Lite，下载完毕后轻触OPlayerHD Lite图标，启动OPlayer应用程序。

STEP 08　播放视频

进入新的界面，此时可在界面中看到同步成功的rmvb格式视频，轻触该选项即可全屏播放该视频。

STEP 07　查看我的文档

进入"文件服务器"界面，轻触"我的文档"选项。

STEP 09　查看视频播放的效果

此时可在界面中看到视频的播放效果。

播放网络视频

　　iPad2自带的Safari浏览器无法播放网页中的Flash和视频，而流媒体播放器OPlayer却可以。这里以播放土豆网中的视频为例介绍利用iPad播放网络视频的操作步骤。

打开OPlayer播放器的主界面，轻触"浏览器"选项。

STEP 01　启动浏览器

STEP 02 打开土豆网首页

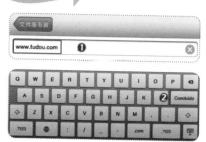

① 在地址栏中输入"http://www.tudou.com/"，②然后轻触键盘中的【Concluido】按钮，打开土豆网首页。

STEP 03 选择要观看的视频

汽车·财富

婆婆屋藏两千把算盘
播客：阿成给力2011
8,318　25

街道上的法拉利F1
播客：麦力特
8,364　43

拖动右侧的滚动条，在页面中选择要观看的视频，然后轻触其标题链接。

STEP 04 观看视频

进入新的页面，此时可看到视频的播放效果。

5.3 远程播放电脑上的视频—Air Video

☐ Simple　☐ Normal　☑ Hard

关键字

远程　视频　Air Video　服务器

　　iPad2的存储容量最大只能达到64GB，对于拥有大量影片的用户来说，是远远不够的。此时如果拥有Wi-Fi无线网络，则用户可以使用Air Video在iPad2

上远程播放PC电脑中的视频或影片。这样一来，iPad2中节省的容量就可以用来存放其他的软件或游戏。

安装Air Video

Air Video的安装包括两个部分，第一部分是Air Video服务器，安装在PC电脑上；第二部分是Air Video客户端，安装在iPad2上。

在IE浏览器的地址栏中输入"http://www.inmethod.com/air-video/index.html"后按【Enter】键，打开Air Video首页。

弹出"文件下载"对话框，单击"保存"按钮。

①在页面右下角设置页面显示语言为中文(简体)，②然后在上方选择Windows版本的Air Video。

弹出"另存为"对话框，①设置安装程序的保存位置，②然后设置文件名，③完成后单击"保存"按钮。

STEP 05　正在下载安装程序

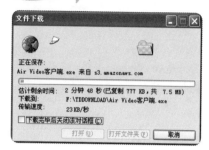

此时返回"文件下载"对话框，可看到文件的下载速度、进度以及剩余时间等信息。

STEP 06　开始安装Air Video 客户端

下载完毕后打开STEP04中设置的保存位置所对应的窗口，双击刚刚下载的安装程序图标。

STEP 07　单击【Next】按钮

弹出安装对话框，直接单击【Next】按钮，接着按照向导提示一步步地进行安装。

STEP 08　完成安装

安装完成后在界面中直接单击【Finish】按钮关闭对话框。

STEP 09　安装成功

执行上一步操作后即可在桌面上看到Air Video Server的快捷图标。

STEP 10　搜索Air Video

启动iPad2中的App Store程序，①在搜索栏中输入关键字，选中要下载的程序，②然后轻触"免费"按钮。

STEP 11 安装Air Video

STEP 12 安装成功

iPad 应用软件 1-1, 总共1

Air Video Free - Watch y...
InMethod s.r.o.
工具
发布日期: 2009年04月26日
★★★★★ 1204 份评分

安装应用软件

● 表示这是一个对 iPhone 和 iPad 都适用的应用软件。

轻触"安装应用软件"按钮开始安装Air
Video程序。

安装完成后可在主屏幕中看到对应的程序
图标。

远程播放视频

　　安装完毕后，用户还需要在PC电脑上配置Air Video客户端，然后才可在iPad2上启动Air Video程序进行远程观看。

STEP 01 启动Air Video服务器

双击PC电脑桌面上的Air Video Server快
捷图标，启动Air Video服务器。

STEP 02 添加文件夹

弹出对话框，在Shared Folders选项卡下
单击【Add Disk Folder】按钮。

STEP 03 · 选择含有视频的文件夹

弹出"浏览文件夹"对话框，①选中含有视频的文件夹，②单击"确定"按钮。

STEP 04 · 设置服务器登录密码

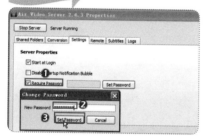

①勾选Require Password复选框，②在弹出的对话框中输入密码，③然后单击【Set Password】按钮。

STEP 05 · 记录Server PIN

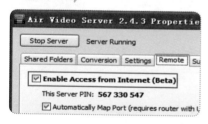

在Remote选项卡下勾选Enable Access from Internet复选框，并记录Server PIN。

STEP 06 · 设置字幕显示

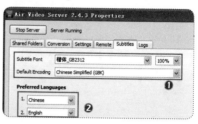

切换至Subtitles选项卡，①设置字幕显示属性，②然后设置优先语言。

STEP 07 · 轻触"添加"按钮

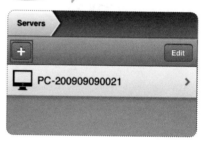

在iPad2中启动Air Video程序，轻触界面左上角的"添加"按钮。

STEP 08 · 选择输入Server PIN

接着在界面左侧选择添加服务器的方式，例如选择输入Server PIN，然后轻触Enter Server PIN选项。

STEP 09 输入Server PIN

①在文本框中输入前面设置Air Video Server时记录的Server PIN号码，②然后轻触【Save】按钮。

STEP 10 查看添加成功的服务器

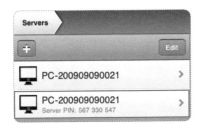

此时可在界面中看到添加成功的Air Video 服务器，然后轻触含有Server PIN信息的服务器选项。

STEP 11 输入密码

由于前面配置Air Video时设置了密码，①因此要在弹出的对话框中输入登录密码，②然后轻触【Confirm】按钮。

STEP 12 查看含有视频的文件夹

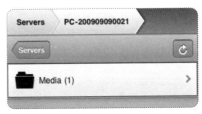

返回界面中，此时可看到含有视频的文件夹，轻触该选项。

STEP 13 选择要观看的视频

在界面中选择要观看的视频，然后轻触对应的选项。

STEP 14 观看视频

轻触播放区域任意位置即可弹出功能选项：Audio Track用于切换声道，Subtitles用于切换显示语言。

STEP 15 开始播放视频

轻触播放区域下方的【Play with Live Conversion】按钮，开始播放视频。

STEP 17 放大视频显示比例

此时可在全屏模式下观看视频，若想放大视频显示比例，则可轻触"展开"按钮。

STEP 16 启用全屏播放模式

轻触播放区域中任意位置，然后轻触"全屏"按钮，即可启用全屏播放模式。

STEP 18 查看放大后的显示效果

此时可在界面中看到放大后的显示效果。

5.4 在线观看高清影片——迅雷看看

关键字   □ Simple   ☑ Normal   □ Hard

迅雷看看   高清影片

　　"迅雷看看HD"是迅雷公司在iPad2上推出的高清视频播放终端。它内容丰富，包括电影、电视剧、动漫、综艺等各方面视频，不仅内容多，而且更新速度快。并且还针对迅雷会员提供了视频下载以及本地播放功能，即可以将视频下载到本地后进行离线播放。

STEP 01 启动"迅雷看看HD"程序

在App Store中下载"迅雷看看HD"程序后即可在主屏幕上看到对应的图标,轻触该图标,启动迅雷看看HD程序。

STEP 02 选择看电影

进入迅雷看看主界面,在界面的底部轻触"电影"选项。

STEP 03 选择喜剧电影

进入迅雷电影主界面,用户可根据电影的类型和地区进行选择,例如选择喜剧电影,轻触"喜剧"选项。

STEP 04 选择要观看的电影

此时可在界面中看到迅雷看看收集的喜剧电影,选择想要观看的电影,例如选择"朱诺"。

STEP 05 放大视频的显示比例

此时可看到正在播放的影片,如果想要放大视频的显示比例,则轻触"展开"图标。

STEP 06 查看放大后的显示效果

此时可看到放大后的显示效果,同时"展开"图标变为"还原"图标。

STEP 07　设置视频类型

如果觉得当前视频显示比较模糊，①则可轻触"标清"按钮，②然后选择高清。

STEP 08　设置音量

①轻触屏幕右侧的"声音"图标🔊，②在弹出的界面中通过拖动滑块来调节音量。

STEP 09　轻触"保存影片"按钮

如果想要将正在播放的影片保存在iPad2中，则可轻触界面顶部的"保存影片"按钮。

STEP 10　输入账号和密码

弹出迅雷会员登录界面，①如果是迅雷会员，则输入账号和密码，②然后轻触"登录"按钮。如果不是迅雷会员，则轻触"创建账号"按钮进行注册。

STEP 11　确定保存该影片

进入新的界面，此时可看到"保存该片需416MB空间的提示信息"，确认保存后轻触"确定"按钮。

STEP 12　保存成功

此时可在新的界面中看到"保存到本地成功"的提示信息，轻触"影片管理"按钮。

STEP 13 暂停正在下载的影片

进入新的界面，此时可看到保存的影片正在后台下载，如果要暂停该影片下载，可轻触影片图片的任意位置。

STEP 14 删除影片

①若想删除该影片，首先要轻触右上角的"删除"按钮，②然后轻触影片左上角的"删除"图标，③最后轻触"确认删除"按钮即可将其删除。

第6章

优质音乐
免费收听

Oh-oh!!

- 如何用内置iPod程序听免费音乐？
- 如何播放Podcast？
- 快捷音乐搜索，网尽最新歌曲
- "摸手音乐HD"在线聆听免费最新单曲和劲爆金曲

听音乐的用户对音质的要求比较高，而iPad2具有的高音质正适合音乐爱好者，那么怎样获取免费的音乐呢？看了本章的内容您就知道了。

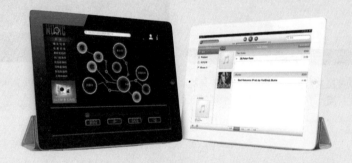

6.1 超大个的iPod Touch—iPod

□ Simple ☑ Normal □ Hard

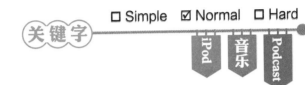

关键字 iPod 音乐 Podcast

iPad2自带的iPod应用程序就相当于一个超大型号的iPod Touch，不仅拥有播放音乐、有声读物和Podcast的功能，而且还同样具有iPod Touch所具备的方向感应器、Multi-Touch和Wi-Fi等功能。下面就来看看怎样使用iPod播放音乐吧。

播放音乐

在iPod程序中，绝大部分音乐都是通过iTunes软件获取的，获取方法可查看本书1.2节的相关内容，这里不再赘述。本节将主要介绍怎样使用iPod播放音乐和添加播放列表。

STEP 01 启动iPod程序

0:00		-3:58

	资料库	随机播放 ⤬			
♫	音乐	**Bad Romance (Prod....**	Lady GaGa	..Burim	4:46
🎙	Podcast	不要爱她	李孝利	Toc Toc Toc (Digital Sin...	3:39
📖	有声读物	**Nobody**	The Wonder	The Wonder Years &#82...	3:34
📻	iTunes U	**06.Poker Face**	Lady GaGa	The Fame	3:58

启动iPod程序，此时看到的界面便是iPod的主界面。

STEP 02 切换显示模式

①轻触"表演者"标签即可切换至表演者模式界面，②然后选择要播放的专辑。

STEP 03 选择要播放的音乐

进入新的界面，选择要播放的音乐。

STEP 04 设置循环播放

进入新的界面，此时可在界面左上角看到循环播放图标，轻触该图标。

STEP 05 选择单曲循环

当该图标为时，则意味着列表循环播放；再次轻触该图标，则图标变成，表示单曲循环播放。

▼ **小提示**

认识iPod中歌曲的播放方式

iPod程序拥有顺序播放、单曲循环、列表循环和随机播放4种模式，不是用熟悉的汉字，而是用不同的符号标识出：顺序播放（、）、单曲循环、列表循环和随机播放。

STEP 06　添加播放列表

轻触界面左下角的"返回"按钮■返回iPod主界面，再轻触左下角的"添加"按钮╋。

STEP 07　输入播放列表名称

弹出"新播放列表"对话框，①输入播放列表的名称，②然后轻触"存储"按钮。

STEP 08　添加歌曲到播放列表中

选中要添加到播放列表中的歌曲，①然后轻触其右侧的"添加"按钮➕，②再轻触"完成"按钮。

STEP 09　查看播放列表中的歌曲

返回iPod主界面，此时可看到播放列表中新添加的歌曲。

STEP 10　删除播放列表中的歌曲

①轻触"编辑"按钮，选中要删除的歌曲，②再轻触其左侧的➖按钮，③然后轻触右侧的"删除"按钮。

删除播放列表

如果要删除播放列表，①则轻触其左侧的❶按钮，②接着在右侧轻触"删除"按钮，③最后轻触"完成"按钮保存退出即可。

播放Podcast

Podcast通常被翻译成播客，它既可以是网络广播，也可以是类似网络广播的网络声讯节目，默认情况下iPod中没有任何Podcast，如果用户想要收听，则需要进入iTunes Store下载感兴趣的Podcast，然后在iPod中播放。

STEP 01 选择Podcast

打开iPod主界面，轻触左侧的Podcast选项。

STEP 02 进入iTunes下载

页面右侧提示用户无Podcast，轻触❸按钮。

STEP 03 选择要下载的Podcast专辑

进入"播客"主界面，通过轻触◀或▶按钮来翻页查找感兴趣的Podcast专辑，找到后轻触对应的专辑封面图标。

STEP 04 获取单集

弹出对话框，此时可在界面中看到该专辑包含的多张单集，选择任意一张单集，①轻触其右侧的"免费"按钮，②接着再次轻触"获取单集"按钮。

STEP 05 正在下载

轻触界面底部的 按钮即可在下载页面中看到该单集的下载进度和剩余时间等信息，请耐心等待。

STEP 06 查看下载成功的 Podcast

①下载完成后，在iPod主界面左侧轻触Podcast选项，在右侧即可看到下载成功的专辑，②轻触即可。

STEP 07 播放该单集

在新的界面中选中要播放的单集并轻触它。

STEP 08 查看播放效果

此时可在界面中看到单集播放的效果。

小提示

认识**iTunes U**

> iTunes U是iTunes Store提供的一款大学开放课程服务，其中的U是University的简写。iTunes U中收集了许多世界名校的课程，用户可将其下载到iPad2中免费观看或收听。

6.2 网尽最新歌曲——快捷音乐搜索

☐ Simple ☑ Normal ☐ Hard

关键字 | 随乐通行证 | 快捷音乐搜索 | 新歌

对于喜欢在线听歌的用户来说，iPod就显得无能为力了。这是因为iPod没有在线播放歌曲的功能，那么怎么办呢？不用急！有了快捷音乐搜索，用户不仅能在线搜听歌曲，而且还能够将自己喜欢的新歌收藏起来。

注册随乐通行证账户

任何用户都可以在快捷音乐搜索中搜听喜欢的歌曲，但是若想将这些歌曲收藏到iPad2中，则需要注册随乐通行证账户，具体操作步骤如下。

STEP 01 启动快捷音乐搜索程序

启动快捷音乐搜索程序，在右上角轻触"登录"图标。

STEP 02 注册通行证账户

弹出"登录"对话框，轻触"加入我们，注册"按钮。

STEP 03 输入注册信息　　　**STEP 04** 注册成功

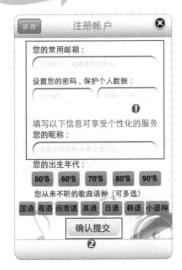　

切换至"注册账户"界面，①输入邮箱、密码和昵称等信息，②然后轻触"确认提交"按钮。

进入"个人中心"界面，即表示注册成功。

小提示
注销账户

　　如果用户要注销登录的随乐通行证账户，①则首先需要在"个人中心"界面中轻触"HI！**"按钮，切换至新的界面，②然后直接轻触"注销"按钮即可。

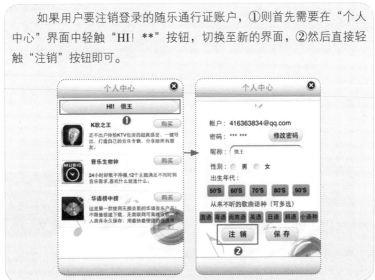

试听并收藏最新歌曲

快捷音乐搜索程序具有离线播放歌曲的功能，即在没有接入互联网的状态下，收藏列表中的歌曲仍然可以正常播放。下面就来介绍一下将歌曲添加到收藏列表的操作步骤。

STEP 01　选择最新歌曲榜

在快捷音乐搜索程序主界面左侧轻触"最新歌曲榜"选项。

STEP 02　试听并收藏最新歌曲

右侧显示了最新歌曲，①轻触喜欢的音乐即可试听。②想要收藏，则轻触"收藏"按钮即可。

STEP 03　添加成功

弹出对话框，提示用户已成功将此歌曲添加至收藏列表，轻触"确定"按钮。

STEP 04　添加其他歌曲

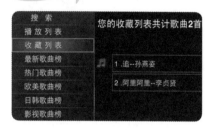

轻触"收藏列表"选项，接着可在右侧看到添加的歌曲，然后使用相同的方法添加其他音乐。

STEP 05　删除收藏列表中的歌曲

①若想删除收藏列表中的歌曲，则可轻触右侧的"编辑"按钮，②接着选择要删除的歌曲并轻触⊖按钮。

STEP 06　轻触"删除"按钮

①接着在右侧轻触"删除"按钮，②然后轻触"完成"按钮保存退出即可。

6.3 iPad2中的"酷狗"——摸手音乐HD

☐ Simple ☑ Normal ☐ Hard

关键字

摸手音乐HD　本地歌曲　试听　劲歌

大部分使用PC电脑听歌的用户都应该听说过"酷狗",它是一款集播放本地歌曲、在线试听并下载网络歌曲功能为一体的音乐软件,使用酷狗听歌的用户可以在第一时间聆听最新单曲和劲爆金曲等。虽然在iPad2上不能运行酷狗,但是可以运行的"摸手音乐HD"同样具有这些功能,可以说它就是iPad2中的"酷狗"。

播放本地歌曲

"摸手音乐HD"可以自动搜索iPod中保存的歌曲,并将其添加到播放列表中。在播放歌曲时,用户无法在iPod中查看到对应的歌词,而"摸手音乐HD"却可以,它为用户提供了歌词信息,让用户在听歌的同时也能跟着音乐一起唱。

| STEP 01 | 启动摸手音乐HD | STEP 02 | 查看所有歌曲 |

从App Store中下载该软件后,在主屏幕上轻触对应的图标,启动摸手音乐HD。

进入主界面,在"本地音乐"界面中轻触"所有歌曲"选项。

STEP 03 选择要播放的音乐

进入新的界面，此时可看到所有的歌曲，选中要播放的音乐，轻触它。

STEP 04 查看歌词

此时即可听到播放的歌曲，同时也可在界面中看到对应的歌词。

在线搜听劲爆金曲

摸手音乐HD的在线乐库搜集了网络中的海量歌曲，用户既可通过关键字查找歌曲，也可以根据歌手查找喜欢的歌曲。找到满意的歌曲后，不仅可以在线试听，而且还能将其下载到播放列表中，随时聆听。

STEP 01 搜索欧美歌手

①在摸手音乐HD主界面中轻触"在线乐库"标签，②然后轻触"欧美歌手"选项。

STEP 02 选择喜欢的歌手

进入新的界面，在界面中选择喜欢的歌手，例如选择Backstreet Boys。

STEP 03 选择喜欢的劲歌

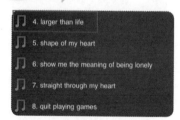

此时界面中显示了Backstreet Boys的所有歌曲，用户可选择喜欢的歌曲，例如选择larger than life。

STEP 04 立即播放

弹出对话框，要求用户选择是立即播放该歌曲还是将其下载本地，这里轻触"立即播放"按钮。

STEP 06 轻触"后退"选项

在播放器界面的左上角轻触"后退"按钮。

STEP 05 查看下载的进度

进入播放器界面，轻触右上角的"下载管理"选项，在弹出的对话框中可以看到下载的进度。如果不满意该歌曲，可轻触"删除"按钮。

STEP 07 选择播放列表

进入"本地音乐"界面，轻触"播放列表"选项。

STEP 08 查看下载的歌曲

进入新的界面，轻触"我的播放"选项，可在界面看到刚刚下载的歌曲Larger than life。

小提示

管理播放列表

管理播放列表的操作主要有两个方面，第一个是删除部分歌曲，第二个就是清除整个播放列表。

①在本小节STEP08进入的界面中轻触"编辑"按钮，②接着选中要删除的音乐并轻触 ⊖ 按钮，③最后轻触【Delete】按钮即可将其删除。

①若要删除所有的歌曲，轻触"清除"按钮，②然后轻触"清除歌曲列表"按钮即可。

更换播放器背景

摸手音乐HD的播放器有默认、浪漫、现代和玄幻4种背景，用户可以按照下面的操作步骤将播放器背景设置为自己喜欢的样式。

STEP 01 轻触"设置"按钮

进入摸手音乐HD的播放器界面，轻触顶部的"设置"按钮。

STEP 02 轻触"播放器背景"选项

进入新的界面，此时可看到播放器背景为"现代"，轻触该选项。

STEP 03 重新选择播放器背景

STEP 04 轻触"后退"按钮

进入"选择背景"界面，①重新选择播放器背景，例如选择"玄幻"，②然后轻触"后退"按钮。

进入"设置"界面，轻触左上角的"后退"按钮。

STEP 05 查看更换背景后的显示效果

返回播放器界面，此时可以看到更换背景后的效果。

第7章

玩转给力的免费游戏

Oh-oh!!

- Angry birds中的鸟儿有哪些特殊能力？
- QQ斗地主的智能打牌辅助是什么意思？
- Caveman's Quest HD一共有多少关？
- Tap Tap Radiation音乐游戏中的音乐都是免费的吗？
- 体育类游戏有哪些能免费玩？

使用iPad玩游戏，不仅游戏很给力，界面也很华丽！无论是免费游戏还是付费游戏，都能够让玩家有一种享受的感觉，那么本章就为玩家介绍几款相当给力的免费游戏！

7.1　射击类游戏

关键字　☐ Simple　☑ Normal　☐ Hard

Angry Birds HD　CF Defense HD

iPad中的射击类游戏完全不用手柄或键盘操作，直接使用手指或者iPad自身的重力系统即可。本节将介绍iPad上两款常见的射击类游戏，即Angry Birds HD和CF Defense HD。

Angry Birds HD

为了报复偷走鸟蛋的猪，愤怒的小鸟们将借助玩家的力量向猪展开攻势。有趣的脚本设置加上鲜明可爱的角色和音效，使得Angry Birds在游戏排行中名列前茅！

利用弹弓将各种不同属性的鸟儿（红色的鸟儿没有特殊能力、黄色的鸟儿能够滑翔冲刺，蓝色的鸟儿能够分身攻击，白色的鸟儿能够下投炸弹）弹射出去，除了必须注意角度与力量之外，而且还要合理利用鸟儿的特殊能力，这样才能顺利地完成任务。上百道关卡加上频繁的数据更新，让高分辨率的HD版本在iPad上表现更棒。Angry birds，您值得拥有！

CF Defense HD

　　CF Defense是一款火爆且极具吸引力的第一视角射击游戏，玩家唯有依靠堡垒中的重机枪、重炮、空中支援这3种武器来抵挡敌人铺天盖地般的进攻。

　　与其他同类型的防御射击游戏相比，这款游戏的武器瞄准通过重力系统实现，玩家只需要上下左右倾斜iPad就可以轻易地实现瞄准，而不再需要通过触摸控制方向。

　　手持iPad就仿佛全副武装的勇士，面对量众多的敌人而毫不畏惧，向胆敢踏上海滩的敌军奋力射击！以一当百，舍我其谁！

7.2 棋牌类游戏

□ Simple ☑ Normal □ Hard

QQ
斗地主
HD

QQ
中国象棋
HD

厌倦了射击游戏的烦琐界面，是否对棋牌类游戏的模拟方言和轻音乐背景情有独钟呢？本节将为您介绍两款常见的iPad棋牌类游戏，即QQ斗地主 HD和QQ中国象棋HD。

QQ斗地主 HD

相信很多玩家对斗地主并不感到陌生，无论现实生活还是网上，斗地主都已经受到不少玩家的喜爱，但是iPad上的QQ斗地主虽然玩法一样，但是华丽的视觉效果仍值得您玩两把。

该游戏毫不吝啬地使用华丽图片，使得游戏音效和动画效果丰富而刺激。同时采用了强大的方言效果，将玩家发送的聊天消息"说"出来，成为真正的有声版斗地主。不仅如此，QQ斗地主HD还有智能打牌辅助功能，为玩家提供了较大的方便，如当您想选择连牌"3、4、5、6、7、8、9、10"，您只需轻点 3和10，剩下的牌系统会自动为您选中。

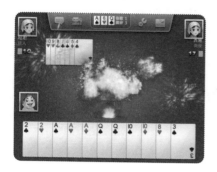 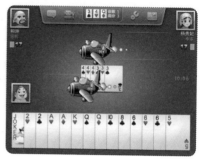

QQ中国象棋 HD

　　象棋是中国流传十分广泛的游戏。腾讯公司推出的QQ中国象棋HD致力于打造一款风格清新休闲、质朴耐玩，而又不失时尚的游戏，并同时支持真人联网对战和单机游戏两大功能模块。

　　该款游戏界面中的棋盘和棋子仿佛经过精雕细刻，同时提供了水墨竹林画卷以及优雅古朴的音乐，给人一种休闲舒适的感觉；玩家在玩游戏的过程中会看到超炫的残影拖动走棋，并且带入了刘邦项羽的人物情景，让玩家充分领略中国风的时尚之美。

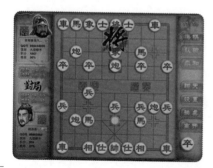 

7.3 益智类游戏

关键字

☐ Simple ☑ Normal ☐ Hard

Caveman's Quest HD

终极宝石 HD

益智类游戏是指通过一定的逻辑、数学等方面的知识来完成一定任务的小游戏。一般会比较有意思，需要适当的思考。本节将介绍两款不错的iPad益智类游戏，即Caveman's Quest HD和终极宝石 HD。

Caveman's Quest HD

邪恶的部落趁着男主人公外出打猎的时候袭击了村庄，抢走了村里所有年轻的姑娘，并希望把她们当成奴隶卖掉，此时男主人公就要借助玩家的力量来找到被绑架的女孩并营救她们。

该游戏类似于以前玩过的"推箱子"游戏，它是 iPad 上一个充满挑战性的解谜类游戏。玩家要合理利用画面上的箱子等物件，并想方设法走到姑娘被绑的位置处营救她。其中包括80个精心设计的关卡，越往后面就越具有挑战性！

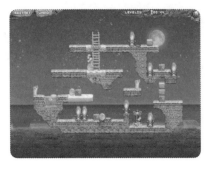
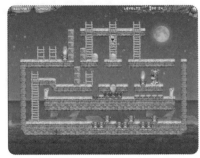

终极宝石 HD

该游戏拥有简单的规则和高超的难度，发动您的小宇宙来挑战"终极宝石HD"的最高分，挑战自己的亲人、好友、同事，让"终极宝石 HD"陪伴您度过快乐的时光吧。

在"终极宝石 HD"中，共有6种宝石等待玩家占有。玩家可以将上下、左右、斜4方相连的3个或3个以上相同颜色的宝石抵消，抵消的宝石数量越多，得分就越高。

在该款游戏中，有益智模式和闪电模式两种供玩家选择。其中益智模式是乐于动脑的游戏达人的最爱，在该模式中，玩家需要挑战512个关卡，并以最高分为自己的财富。而闪电模式是善于动手的玩家的最爱，在该模式中，宝石将源源不断地从天而降，玩家要做的就是收集它们，让其成为自己的财富；本模式提供了11种道具宝石，并且道具宝石会在游戏过程中随机掉落，把道具宝石用在合适的地方，会玩得更久。

7.4 音乐类游戏

  ☐ Simple ☑ Normal ☐ Hard

音乐 Rhythm Racer Tap Tap Radiation

　　音乐类游戏是指玩家跟随音乐的节奏，让模拟器（这里指iPad）发出相应音效的一类游戏。这类游戏主要考的是您对节奏的把握，以及手指的反应和眼力。完成一首难度比较高的音乐后，您会有一种成就感。而且在您心情不好的时候 弹一首也许会改变当下的心情。

Rhythm Racer 2 HD

动感赛车2高清晰 iPad版（Rhythm Racer 2 HD）是每个摇滚迷和飙车爱好者必备的游戏。该游戏为玩家带来更多的音乐、更动感的游戏体验以及大牌的音乐制作。更重要的是，完全免费！

该游戏的操作非常简单，只需左右倾斜iPad便可飞车。在该款游戏中，极速赛车与超动感互动音乐完美结合，并且3D世界里的免费和付费的歌曲任由玩家选择。其全面结合OpenFeint（一个基于SNS的，为iOS和andriod系统提供在线游戏竞技的技术平台，性质与"浩方对战平台"大致相同）的强大聊天功能，还可以让玩家在游戏世界里结识更多的新朋友；玩家在玩游戏的过程中还可以查看自己的世界排名和在朋友圈内的排名。

Tap Tap Radiation

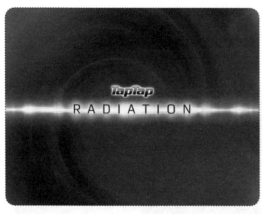 

Tap Tap Radiation是Tapulous开发的一款社交音乐游戏，在iPad平台上发布。Tap Tap Radiation是一种类似于"跳舞机"的音乐游戏，玩家用手指跟着节奏按键，可以同时享受音乐和游戏的双重乐趣。

Tap Tap Radiation拥有绚丽的画面、极High的音乐和超强的游戏节奏感，超大屏幕和超过130首的免费歌曲给玩家带来MTV般的游戏感受。

Tap Tap Radiation支持多人在线游戏，在线玩家间还可以互相浏览对方的资料，并可发信交流。Tap Tap Radiation采用广告、用户虚拟形象和收费音乐包下载的收费模式，玩家会在开启游戏的时候看到推送的全屏广告，也会为自己的虚拟形象外形付费，同时还会看到很多收费的流行音乐包，价格不等，如Lady Gaga曲音乐包的售价为2.99美元。

 # 7.5 体育类游戏

关键字 ── □ Simple ☑ Normal □ Hard

世界足球2011   山脊赛车

体育类游戏是一种让玩家可以参与专业体育运动项目的电视游戏或电脑游戏。该游戏类别的内容多数以人们较为常见的体育赛事（例如篮球、足球和赛车等）为蓝本。

世界足球 2011 HD

世界足球2011高清版的全新美术和动画所带来的视听盛宴定能让该系列的忠实玩家心旷神怡。这是玩家成为世界足球冠军的大好机会，像大卫·比利亚一样叱咤风云吧。

在该游戏中，利用动作捕捉技术创作的角色活灵活现，基于职业球手动作设计的动画场面逼真流畅。并且该游戏设置了多达350支球队，14项联赛，包括巴塞罗那、皇家马德里以及西班牙国家队的官方授权，不但有英格兰、法国、意大利、葡萄牙、巴西和阿根廷各国的足球联赛，同时也加入了巴西、阿根廷、英格兰、意大利、葡萄牙等国家队，从中寻找自己心仪的球员吧！

RIDGE RACER ACCELERATED HD

RIDGE RACER ACCELERATED HD是一款盛名已久的赛车游戏，由日本游戏厂商Namco出品，并将该游戏移植到了iPad上运行。

阳光、沙滩、森林、河川、都市、街道，炫目的灯光、躁动的引擎、潇洒俊逸的漂移、激情万丈的氮气喷射以及追逐极限速度的快感等诸多元素汇集，就是Namco为玩家带来的经典、过瘾的赛车游戏——RIDGE RACER ACCELERATED HD（中文名为"山脊赛车:加速"）。在玩腻了极品飞车后喜欢飙车的玩家，不妨体验一回公路上的漂移，华丽而不失极速的激情。

第**8**章

精美照片
随心装扮

Oh-oh!

- 使用幻灯片浏览照片可以添加音乐吗?
- 怎样通过电子邮件向好友发送照片?
- 如何利用iPad2制作电子相框?
- 如何使用Scribeit编辑图片?
- 利用TouchRetouch 轻松抠图
- 利用iPad2的新增程序Photo Booth拍出趣味照片

    虽然iPad2的分辨率只有1024×768,但是它拥有强大的图片处理功能,因此对于拥有iPad2的用户来说,使用iPad2浏览和处理图片简直是一种享受。

8.1 浏览高清照片

☐ Simple　☑ Normal　☐ Hard

浏览　照片　幻灯片

iPad2拥有锐利震撼的屏幕，这使得用户可以在浏览照片时体验到PC电脑上无法体验的效果。用户可以使用手指对照片进行缩小或放大，同时也可以让照片以幻灯片的方式进行播放。

普通浏览

在iPad2上浏览照片完全是一种享受，用户在使用手指操作的过程中可以亲眼看到相册、照片之间切换的动态效果，不信？您可以按照下面的操作步骤试一试。

STEP 01 打开照片程序主界面

STEP 02 拖动相簿中的照片

轻触桌面上的"照片"图标📷，打开照片程序主界面。

使用"开"操作展开相册里面的图片。

STEP 03 查看相簿中的照片

在移动手指的过程中可以明显看到相簿的打开过程，移动到合适位置后将手指脱离屏幕，此时即可看到相册中所有的图片。

若想返回相簿，除了轻触左上角的"相簿"按钮外，还可以使用"合"操作将展开的照片收拢。

STEP 04 全屏观看照片

轻触第一张照片，即可看到选中的照片铺满了整个屏幕。

STEP 06 查看切换后的照片

拖动至合适位置后松开手指，即可看到切换后的照片。

STEP 05 切换至其他照片

将手指放在屏幕上并向左拖动，切换至其他照片。

STEP 07 利用缩览图栏切换照片

轻触屏幕上的任意位置，打开功能选项，也可在缩览图栏中通过拖动操作来切换照片。

STEP 08　浏览其他照片

随着拖动操作的进行，屏幕中的图片会
不断地变化，选中合适的照片后便可松
开手指。

STEP 09　返回相册

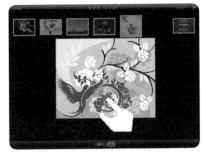

浏览完该照片后，使用"合"操作即可返
回相册。

幻灯片浏览 ·····

　　有没有尝试过让照片在自动切换的同时又唱出优美的音乐呢？如果没有的
话，快来试试通过幻灯片方式浏览照片吧！

STEP 01　更换音乐

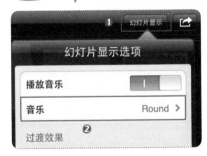

①轻触相册主界面右上角的"幻灯片显
示"按钮，　②在弹出的界面中轻触"音
乐"选项。

STEP 02　选择喜欢的歌曲

切换至"歌曲"界面，选择喜欢的歌曲，
轻触它。

返回"幻灯片显示选项"界面，①选择过渡效果，②轻触"开始播放幻灯片显示"按钮。

此时可在屏幕中预览照片，预览的过程中不仅能听到音乐，还能看到设置的过渡效果。

8.2 照片管理的进阶操作

关键字

☐ Simple ☑ Normal ☐ Hard

删除 发送 导入

在iPad2中，用户不仅可以浏览内置的照片，而且还能够对这些照片进行删除、共享等操作，并可以将这些照片直接导入PC电脑中。

删除无用的照片

众所周知，iPad2容量最大只有64GB，除了安装应用软件和保存歌曲外，用于保存图片的容量就所剩无几了，因此用户需要合理地管理相簿中的照片，将无用的照片直接删除，以节省空间。

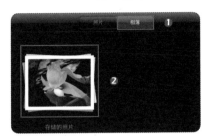 STEP 01 打开"存储的照片"相簿

 STEP 03 选择要删除的照片

①在"照片"主界面中轻触"相簿"标签，②然后 轻触"存储的照片"相簿。

①选中要删除的照片，②然后轻触顶部的"删除"按钮。

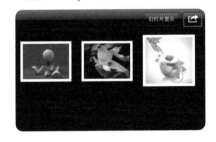 STEP 02 轻触"编辑"按钮

 STEP 04 确定删除

接着在界面的右上角轻触"编辑"按钮

继续在界面中轻触"删除照片"按钮，即可将选中的照片彻底删除。

小提示
无法直接删除"照片图库"中的照片

iPad2中的照片程序有一个默认的相簿，那就是"照片图库"。该相簿中的照片是通过iTunes进行同步而保存的，并且该相簿中的照片无法直接删除，只能通过iTunes软件来更换相簿中保存的照片。

向好友发送精美照片

如果iPad2中保存了精美的照片，可以将这些精美的照片通过发电子邮件的方式与好友分享。向好友发送精美照片的操作步骤如下。

STEP 01 轻触"编辑"按钮

打开"存储的照片"相簿,轻触右上角的"编辑"按钮⬆。

STEP 02 选择用电子邮件发送照片

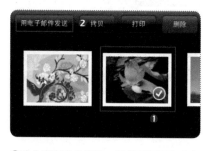

①选中要发送的照片,②然后轻触左上角的"用电子邮件发送"按钮。

STEP 03 输入收件人和邮件主题

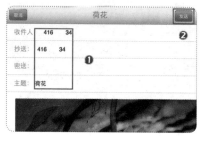

①在弹出的界面中输入收件人、抄送和主题信息,②然后轻触"发送"按钮。

▼ **小提示**

一封邮件中的照片不能超过5张

在iPad2中,一封邮件最多能够装下5张图片,超过5张图片就需要使用两封或者更多封邮件进行发送。

将部分照片导入电脑

既然电脑中的照片能够通过iTunes导入iPad2,那么iPad2的照片能否导入PC电脑呢?答案当然是肯定的!但要注意一点,"照片图库"相册中的照片无法使用该方法导入电脑。

STEP 01 连接电脑与iPad2

使用带有USB接口的数据线连接电脑与iPad2。

STEP 02 选择扫描仪和照相机向导

PC电脑屏幕上弹出Apple iPad2对话框，①选择"Microsoft扫描仪和照相机向导"，②单击"确定"按钮。

STEP 03 单击"下一步"按钮

弹出"扫描仪和照相机向导"对话框，直接单击"下一步"按钮。

STEP 04 选择要复制的照片

切换至"选择要复制的照片"界面，①选中要复制的照片，②然后单击"下一步"按钮。

STEP 05 单击"浏览"按钮

进入"照片名和目标"界面，①输入照片名称，②然后单击"浏览"按钮。

STEP 06 设置照片的保存位置

弹出"浏览文件夹"对话框，①选中保存图片的文件夹，②然后单击"确定"按钮。

STEP 07 单击"下一步"按钮

返回"扫描仪和照相机向导"对话框，直接单击"下一步"按钮。

STEP 08 正在复制照片

进入"正在复制图片"界面，此时可看到复制的进度。

STEP 09 不处理照片

进入"其他选项"界面，①单击选中"什么都不做。我已处理完这些照片"单选按钮，②然后单击"下一步"按钮。

STEP 10 完成导入

进入"正在完成扫描仪和照相机向导"界面，直接单击"完成"按钮即可完成导入。

8.3 把iPad2变成电子相框

□ Simple　☑ Normal　□ Hard

关键字　电子相框　折纸效果

iPad2拥有9.7英寸的大屏幕、1024×768的高分辨率，并且屏幕是IPS（横向电场效应显示）屏幕。如果把它变成电子相框，然后再添加过渡效果，是不是觉得很有趣啊？那就跟着来做吧！

STEP 01　选择电子相框

轻触主屏幕上的"设置"图标进入主界面，接着在左侧轻触"电子相框"选项。

STEP 02　设置过渡效果

接着在右侧选择过渡效果，①例如选择"折纸效果"，②然后轻触"每张照片显示"选项。

STEP 03　选择每张照片的显示时间

进入"每张照片显示"界面，①选择每张照片显示的时间，例如选择"3秒钟"，②然后轻触"电子相框"按钮。

STEP 04　设置播放的照片

①在界面中激活随机播放，②然后在下方依次轻触"相簿>照片图库"选项。

进入iPad2锁定界面（先按"休眠/唤醒"按钮，再按【HOME】按钮），在界面中轻触"电子相框"图标 。

此时可在屏幕上欣赏电子相框中的照片，同时也可以看到设置的折纸过渡效果。

8.4　给照片加点料——Scribeit图片编辑

关键字　□ Simple　□ Normal　☑ Hard

照片　注解　Scribeit

Scribeit是一个图片编辑类软件，用户可以进入App Stere进行下载，安装后即可以使用该软件给自己的照片添加文字和图案，在编辑的过程中还可以选择自己喜欢的字体颜色、类型、大小和透明度。

STEP 01　轻触"打开"按钮

启动Scribeit程序，在主界面中轻触"打开"图标 。

STEP 02 选择Photo Library

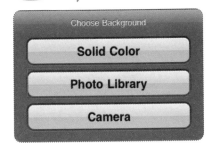

进入Choose Background界面，选择背景，例如选择Photo Library，轻触【Photo Library】按钮。

STEP 03 继续选择Photo Library

进入Photo Albums界面，选择图片所在的位置，例如选择Photo Library。

STEP 04 选择图片

在界面中选择要处理的图片，轻触它。

STEP 05 轻触"字体"选项

此时可看到打开的图片，轻触界面左下角的"字体"按钮 A。

STEP 06 输入文本

进入Add Text界面，①在文本框中输入文本内容，②然后轻触【Color】按钮。

STEP 07 设置字体颜色

进入Color界面，①选择合适的字体颜色，②然后轻触【Done】按钮。

STEP 08 轻触【Font Type】按钮

返回Add Text界面，轻触【Font Type】按钮。

STEP 09 选择字体

进入Select Fonts界面，选择自己喜欢的字体，选中后轻触它。

STEP 10 设置字体大小和透明度

返回Add Text界面，①设置字体的大小和透明度，②然后轻触【Add】按钮。

STEP 11 移动文本区域的位置

使用手指选中添加的文本区域，然后将其移动至合适的位置。

STEP 12 保存退出

①轻触右下角的"保存"按钮，②然后轻触【Save】按钮保存退出。

小提示

iPad2能够运行iPhone版的部分软件

iPad2和iPhone都是由苹果公司推出的硬件设备，因此App Store中的大部分软件都分为iPad2版和iPhone版。虽然同一类软件分成了两个版本，但是使用iPad2有一个好处，就是能够运行iPhone版的部分软件，例如8.4节介绍的Scribeit和8.5节将要介绍的TouchRetouch。

8.5　轻松抠图——TouchRetouch HD

关键字

☐ Simple　☑ Normal　☐ Hard

TouchRetouch　抠图

　　提到抠图，用户可能首先就会想到在PC电脑上运行的 Photoshop软件，但是该软件却无法在iPad2中正常运行。 有人就会提问：iPad2中有专门用于抠图的软件吗？有！那 就是TouchRetouch HD。

启动TouchRetouch HD程序，在主界面 中轻触"打开"按钮。

进入新的页面，选择需要处理的图片。

进入Photo Albums界面，选择照片所在 的位置，例如选择Photo Library。

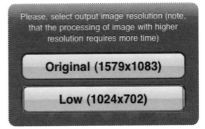

在弹出的界面中选择照片类型，如选择 Low。

STEP 05　查看打开的照片

此时可在界面中看到打开的照片，连续轻触两次照片的任意位置，放大照片。

STEP 06　设置画笔的粗细

①轻触底部工具栏中的"画笔"按钮，②接着在上方拖动滑块，调整画笔的粗细。

STEP 07　选中要抠掉的区域

使用手指在屏幕上选择要抠掉的区域，在选择的过程中，可在左上角看到放大的局部图。

STEP 08　设置橡皮擦的大小

①轻触底部工具栏中的"橡皮擦"按钮，②然后在上方拖动滑块，调整橡皮擦的大小。

STEP 09　开始抠图

使用手指在选中的区域中擦掉多余的部分，然后轻触"抠图"按钮。

STEP 10　抠图成功

此时可看到选中区域中的图像被抠掉了，在照片的任意位置处连续轻触两次，缩小照片。

STEP 11 保存图片

在底部工具栏中轻触"保存"按钮。

STEP 12 选择保存位置

Save Image (1024x702)

Save to Library

Send via e-mail

Share image

Cancel

在弹出的界面中选择保存方式,例如轻触
【Save to Library】按钮。

8.6 利用Photo Booth拍出趣味照片

关键字

☐ Simple ☑ Normal ☐ Hard

Photo Booth 热感应 万花筒

　　Photo Booth是iOS 4.3系统新增的程序。它的作用是提升iPad2摄像头的趣味性,使新增摄像头功能的iPad 2更加好玩有趣。Photo Booth内置了8种摄像头特技效果,分别是热感应、镜像、X射线、万花筒、光隧道、挤压、旋转及伸缩。

　　Photo Booth 称得上是趣味横生的应用程序,有了它,就可以使用内置的 iSight 摄像头轻松拍照,在拍摄的过程中,用户可以看到同一张照片的8种不同的特技效果。

　　如左图所示为使用Photo Booth拍摄照片时显示的8种特技效果。其中最中间的为正常的显示效果,顶部从左到右依次为热感应、镜像和X射线;中间从左到右分别为万花筒、正常和光隧道;底部从左到右分别为挤压、旋转和伸缩。

iPad2的前置摄像头和后置摄像头

在iPad2的前面板和背壳上方分别设置了摄像头，位于前面板的摄像头主要用于拍照，而位于背壳的摄像头则用于FaceTime视频聊天。虽然苹果官方没有公布摄像头的参数，但经过测试，前面板摄像头的像素值大约为70万，而背壳摄像头的像素值大约为30万，显然不给力啊！

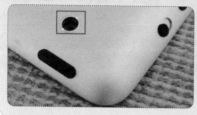 

第9章

巧用iPad2自带程序——日历、通讯录、备忘录和地图

Oh-oh!!

- 怎样把将要发生的重要事件记录在iPad2中?
- 怎样将好友的联系信息记录在iPad2中?
- 怎么避免由于工作忙而忘记某些重要的事件?
- 出门不知道路线,怎样利用iPad2进行查找?

iPad2自带的应用程序(日历、通讯录、备忘录和地图)功能强大并且免费,还在等什么? 快来轻松使用它们吧!

9.1　利用日历记录生活小事

□ Simple　☑ Normal　□ Hard

　　iPad2上的日历可以将自己繁忙的一天进行合理的组织，将比较重要的事情添加到对应的日期中，并且设置提醒方式，有了它，再多的事情都能按时处理和应付。

查看日历

　　iPad2中的日历有单日显示、单周显示、单月显示和列表显示4种显示方式，下面分别对这4种模式进行简单地介绍。

① 单日显示模式

　　左侧为当天安排好的事件列表，右侧为每半个小时一个时间块的滚动区域。

2 单周显示模式

该模式是栅格型的，它按照星期日到星期六的顺序显示当前周，每个事件显示在对应的栅格中。

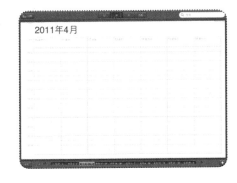

3 单月显示模式

该模式也是栅格型的，它将一个月的行程全部显示出来，每个事件显示在对应的栅格中。

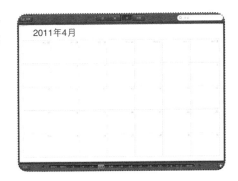

4 列表显示模式

该显示模式，左侧列出了所有的事件，并非当天的事件；右侧是当前所选事件的信息。

添加日历事件

如果用户本月或本周内有重要事情，但是又害怕因工作太繁忙而忘记，则可以在日历中添加日历事件，并进行一系列的提醒设置。

 **STEP 01** 添加事件的标题和位置

 **STEP 03** 启动提醒设置

启动日历应用程序，轻触右下角的■按钮添加日历时间，接着①输入事件的标题和位置。②然后轻触"开始结束"选项。

返回上一级界面，轻触"提醒"选项。

 **STEP 02** 设置开始时间和结束时间

切换至新的界面，①在界面中通过滑动下方的滚轮来设置该事件的开始时间和结束时间，②设置完毕后轻触"完成"按钮。

 **STEP 04** 设置提醒时间

切换至新的界面，选择事件的提醒时间，①例如选择30分钟前提醒自己，②然后轻触"完成"按钮。

STEP 05 查看添加的事件

再次轻触"完成"按钮后，即可在日历的主界面中看到新添加的事件。

修改日历事件

如果某个事件因为临时的变动而需要更改时，则可以按照如下操作步骤进行。

①在单周显示模式下轻点要修改或删除的事件，打开详细信息窗口，②轻触"编辑"按钮。③接着可在"编辑"界面中重新设置事件的开始和结束时间、提醒时间等选项，④完毕后轻触"完成"按钮。

9.2 利用通讯录记录联系人

☐ Simple　☑ Normal　☐ Hard

关键字　通讯录　联系人　添加　管理

iPad2中的通讯录类似于网络通讯录，用户可以在iPad2中记录联系人的姓名、手机号码、通信地址等，或者对通讯录中存在的好友信息进行修改和删除。

添加联系人

在iPad2中添加联系人的操作很简单，只需新建一个联系人信息列表，然后在列表中添加对应的信息即可。

STEP 01 输入联系人的姓名

启动通讯录应用程序，单击底部的 + 按钮，在界面中输入联系人的姓氏和名字。

STEP 02 设置联系人的电话和住宅

接着在下方输入联系人的移动电话、住宅和工作等信息。

STEP 03 添加生日字段

①轻触"添加字段"选项，②在弹出的列表中轻触"生日"选项。

STEP 04 设置生日信息

此时弹出设置生日信息的对话框，通过滑动设置联系人生日的年、月、日信息。

STEP 05 添加完成

联系人的信息添加完成后，轻触右上角的"完成"按钮。

STEP 06 查看添加的联系人

此时可在界面右侧看到新添加的联系人信息。

搜索联系人

随着通讯录中联系人数量的增加，如何才能快速有效地找到自己想要找的联系人呢？快使用通讯录提供的搜索功能吧。

①在搜索栏中输入要查找的联系人关键字，②接着在下方选择目标联系人，在界面右侧可以看到目标联系人的详细信息。

管理联系人

管理通讯录中的联系人时，可以在选中目标联系人后通过编辑的方式修改联系人的电话、住址等信息，也可以将通讯录中部分联系人的所有信息一并删除。

STEP 01 选中要修改信息的联系人

STEP 02 修改工作信息

打开通讯录主界面，①在左侧选中需要修改信息的联系人，②然后轻触"编辑"按钮。

进入编辑页面，此时可修改联系人的任意信息，例如修改工作信息。

选中要删除的联系人

 **删除联系人**

轻触"完成"按钮后返回上一级界面，①选中要删除的联系人，②再轻触"编辑"按钮。

向下滑动页面至最底部，①轻触"删除联系人"按钮，②然后在弹出的对话框中轻触"删除"按钮即可。

9.3 利用备忘录定时提醒自己

☐ Simple ☑ Normal ☐ Hard

备忘录可以帮助用户记录任何事情，无论自己走到哪里，它们都可以随身携带。用户可以把iPad2带入会议室、演讲室甚至杂货店，只要有iPad2在身边，备忘录都能够按时提醒自己该做的事情。

添加备忘录

备忘录的添加操作只需两步就能完成，第一步是输入容易忘记的事情，第二步就是将其添加到备忘录中。

启动备忘录应用程序，①在主界面中输入容易忘记的内容，②然后单击右上角的"添加"按钮 ，将iPad2旋转90° 即可看到添加成功的备忘录。

搜索备忘录

当备忘录中的内容过多时，用户可以使用备忘录的搜索功能快速有效地找到需要的备忘内容。

将iPad2以横排模式显示，然后在左侧的搜索栏中输入关键字，接着可在右侧看到该条备忘录的详细信息。

发送备忘录

如果用户需要使用备忘录提醒其他人，则可以采用发邮件的方式将某条备忘录发送给对方，以提醒对方该做或者即将要做的事情。

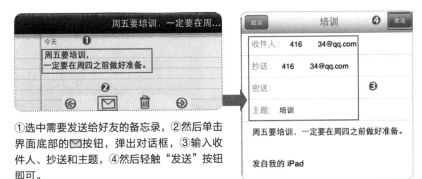

①选中需要发送给好友的备忘录，②然后单击界面底部的 按钮，弹出对话框，③输入收件人、抄送和主题，④然后轻触"发送"按钮即可。

9.4 利用地图掌握行程详情

 关键字   ☐ Simple ☑ Normal ☐ Hard

地图   行程路线   交通状况

iPad2中的地图提供了许多国家或地区中各个地点的不同视图。当用户搜索任意一个地点时，都会获取详细的驾驶、公交或步行路线图以及交通状况提示，并且还可以将这些信息共享给其他人。

查看地图

iPad2的地图提供了4种不同的视图模式，即经典视图、卫星视图、混合视图以及地形视图。

 1 经典视图

该类视图模式下可以清楚地标示出道路名称与各项重要设施的位置。

2 卫星视图

该类视图模式下可以清晰看到不同区域内的建筑物、街道等信息，但是无法精确地查找某具体位置的信息。

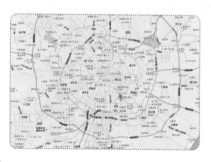

❸ 混合视图

该类视图模式结合了卫星模式和经典视图模式，即在卫星模式下能看到地图的道路标示。

❹ 地形视图

该模式与经典视图模式类似，仅仅多了地形起伏状态的显示。

查找目标位置

如果用户需要在地图中查找某一具体位置的所在地，只需在搜索栏中输入关键字，即可查找自己所要找的详细地址。

启动地图应用程序，①轻触"搜索"按钮，②接着在右侧输入想要查找的地名关键字，例如输入"万达广场"，然后轻触屏幕键盘中的"搜索"按钮，最后可在地图中看到地名中含有"万达广场"的位置都被标上了大头针。③单击大头针，即可查看该地址的地名。

搜索行程路线

iPad2的便携性使得用户可以随时随地搜索行程路线，并在搜索行程路线后可以选择驾驶路线、公交车路线或步行路线。

STEP 01　输入行程路线的起点和终点

进入地图主界面，①轻触"路线"按钮，②接着在右侧输入行程路线的起点和终点。

STEP 02　查看行程路线

轻触屏幕键盘中的 搜索 按钮后可看到大致的行程路线。

STEP 03　查看公交车次路线

①轻触底部工具栏中的"公交车"按钮 🚌，②然后在地图中轻触 🚌 图标。此时即可在地图中看到从起点到终点应坐的公交车，同时会显示该公交车的发车频率。

查看交通状况

当用户在iPad2中开启了交通状况功能时，就能够时刻关注各条主干街道和主干路的交通状况，灵活改变行车路线。

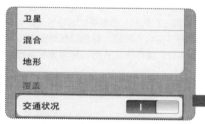

在地图主界面的右下角可以看到有一个类似褶皱的页脚，向左上角滑动手指，然后再设置开启交通状况功能。

设置完毕后手指在屏幕上向右下角滑动，此时可在主界面中看到整体的交通状况，红色为堵塞，绿色为通畅。

共享位置信息

如果自己的好友需要某一位置的详细信息，则可以在选中该地点后使用邮箱将其链接发送给好友，共享该位置的详细信息。

 查看共享位置的相关信息

在地图中选中需要共享的位置，①轻触紫色大头针，②然后轻触"共享"图标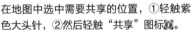。

STEP 02 **轻触"共享位置"按钮**

弹出对话框，轻触"共享位置"按钮。

STEP 03 **向好友发送地点信息**

①在弹出的对话框中输入收件人和抄送信息，②然后轻触"发送"按钮即可完成共享。

第 10 章

挖掘iPad2的潜能——杂志阅读、远程控制和移动硬盘

- 能用iPad2阅读免费在线杂志吗?
- 能用iPad2远程控制电脑吗?
- iPad2能当移动硬盘使用吗?

不要小瞧了iPad2,它还拥有巨大的潜能。若要发挥这些潜能,还需要一把"钥匙",那就是应用软件。本章介绍的几款软件值得您收藏!

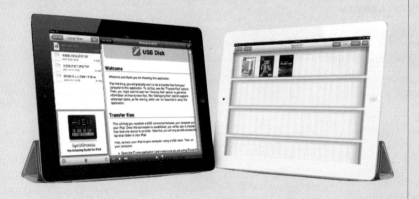

10.1 在线浏览杂志——读览天下

□ Simple ☑ Normal □ Hard

关键字

杂志　账号　读览天下

　　读览天下是华阅数码旗下的数字原版报刊网站，它已经和超过800家杂志签约合作，提供上千份数字原版杂志。以前用户只能在电脑上浏览这些杂志，但是随着iPad2的问世和支持iPad2的"读览天下"程序出现，用户使用iPad2就能轻松阅读这些杂志。

注册账号

　　用户可在App Store中下载"读览天下"程序，该程序只能作为一个阅读器。若想下载并阅读"读览天下"网站上的杂志，则需要注册一个新账号，具体的操作步骤如下。

STEP 01 轻触"网上书店"按钮

轻触主屏幕上的"读览天下"图标，在主界面中轻触"网上书店"按钮。

STEP 02 注册新账号

在右侧弹出的对话框底部轻触"注册新账号"按钮。

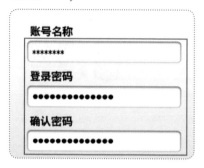

STEP 03 输入账号和密码

进入新的界面，在文本框中输入账号名称和密码。

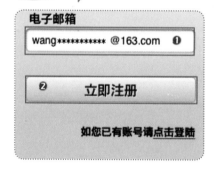

STEP 04 输入电子邮箱

①接着在下方输入电子邮箱，②然后轻触"立即注册"按钮。

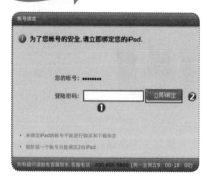

STEP 05 输入登录密码

弹出"账号绑定"对话框，①输入登录密码，②然后轻触"立即绑定"按钮。

STEP 06 绑定成功

切换至新的界面，此时可以看到账号已经绑定成功。

下载免费杂志

拥有一个新账户后就可以购买或下载"读览天下"网上书店中的杂志，这里以下载免费杂志为例介绍操作步骤。

STEP 01 输入账号和密码

按照10.1节的"注册账号"小节所介绍的方法打开账户登录界面，①输入账号和密码，②轻触"登录"按钮。

STEP 02 选择免费杂志

登录成功后在页面底部的"免费体验"页面中可看到免费的杂志，选择自己喜欢的一本。

STEP 03 轻触"下载阅读"按钮

进入新的界面，此时可在看到该杂志的相关信息，轻触"下载阅读"按钮。

STEP 04 确定下载

弹出对话框，询问用户是否确定要下载，轻触"确定下载"按钮。

STEP 05 查看下载的进度

此时可在屏幕右上方看到杂志下载的进度，请耐心等待。

STEP 06 下载成功

下载成功后轻触左上角的"返回书架"按钮，即可在屏幕中看到下载的杂志。

浏览杂志

　　用户在"读览天下"客户端中浏览杂志时，既可以一页一页地浏览，也可以直接浏览指定页，并且在浏览的过程中还可以随意放大和缩小屏幕显示的文本内容。

STEP 01　选择要阅读的杂志

在"读览天下"主界面中选中要阅读的杂志，轻触它。

STEP 02　翻页阅读

此时可看到杂志的封面，使用手指按住屏幕向左拖动，翻页阅读。

STEP 03　阅读该页内容

进入目录页面，用户可在页面中选择想要阅读的内容。

STEP 04　输入想要阅读的页数

轻触屏幕任意位置，接着在右上角输入想要阅读的页数，例如输入22。

STEP 05 阅读第22页的内容

轻触屏幕键盘上的【Go】按钮后在屏幕上即可看到22~23页的内容，选中要阅读的内容，然后使用"开"操作放大选中的内容。

STEP 06 查看放大后的显示效果

此时可看到放大后的显示效果，浏览完后轻触屏幕任意位置，然后轻触左上角的"主页"按钮，即可返回主界面选择浏览其他杂志。

 # 10.2 远程操作电脑——Teamviewer

☐ Simple   ☐ Normal   ☑ Hard

 关键字

远程控制

Teamviewer

Teamviewer是一款能够在iPad2上远程控制电脑的软件，该款软件可以远程操作Windows、Mac和Linux操作系统，有了该软件，即使不在电脑旁也能随时掌握它的一举一动。

安装Teamviewer服务器

用户若想利用Teamviewer软件实现远程操作，首先需要在电脑中安装Teamviewer服务器，该服务器的安装软件可以在www.teamviewer.com网站下载。

STEP 01 选择安装 Teamviewer

启动Teamviewer安装程序，①在"Teamviewer安装"对话框中单击选中"安装"单选按钮，②然后单击"下一步"按钮。

STEP 02 选择个人/非商务用途

进入"环境"界面，①单击选中"个人/非商务用途"单选按钮，②然后单击"下一步"按钮。

STEP 03 接受许可协议

进入"许可证协议"界面，在列表框中浏览许可证协议，①勾选下方的两个复选框，②然后单击"下一步"按钮。

STEP 04 选择安装类型

进入"选择安装类型"界面，①单击选中"无(缺省)"单选按钮，②然后单击"下一步"按钮。

STEP 05 选择访问控制模式

进入"访问控制"界面，①单击选中"完全访问(推荐)"单选按钮，②然后单击"下一步"按钮。

STEP 06 安装VPN适配器

进入"安装VPN适配器"界面，①勾选"使用Teamviewer VPN"复选框，②然后单击"下一步"按钮。

STEP 07 设置安装的文件夹

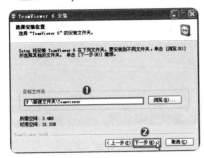

进入"选择安装位置"界面，①在"目标文件夹"选项组中重新设置安装的文件夹，②然后单击"下一步"按钮。

STEP 08 选择"开始菜单"文件夹

进入"选择'开始菜单'文件夹"界面，①在文本框中输入名称，②然后单击"完成"按钮。

STEP 09 正在安装

进入"正在安装"界面，此时可以看到安装的进度，请耐心等待。

STEP 10 安装成功

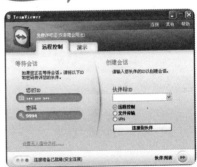

自动打开Teamviewer主界面，此时可看到电脑的ID和密码，即安装成功。

实施远程操作

　　Teamviewer服务器安装完毕后会在主界面中显示电脑的ID和密码，记下它们，然后便可在iPad2上通过Teamviewer程序实施远程操作了。

STEP 01 输入ID和密码

启动Teamviewer程序，①在主界面中输入ID和密码，②轻触【Connect to partner】按钮。

STEP 02 设置不显示说明

①在界面底部设置不显示说明，②然后轻触【Continue】按钮。

STEP 03 成功连接到远程电脑

此时可在界面中看到电脑的主界面，用户可使用手指按住屏幕上的指针进行拖动。

STEP 04 轻触"键盘"图标

轻触屏幕底部的"键盘"按钮，打开屏幕键盘。

STEP 05 认识键盘

此时可看到弹出的屏幕键盘，并且在顶部有【esc】、【ctrl】、【alt】等电脑上常用的按键，用户可使用该键盘输入文本内容。

STEP 06 轻触"鼠标"图标

轻触屏幕底部的"鼠标"图标，即执行右击操作，此时可看到弹出的快捷菜单。

STEP 07 关闭远程连接

远程操作完毕后，①轻触左下角的"关闭"图标，②接着在上方轻触【Close】按钮。

STEP 08 轻触【OK】按钮

弹出Sponsored session对话框，直接轻触【OK】按钮即可退出远程操作。

10.3 让iPad2变成移动硬盘——USB Disk

☐ Simple ☐ Normal ☑ Hard

关键字

有没有想过将iPad2变成移动硬盘呢？一般来说，这是无法实现的，但随着USB Disk软件的出现，把iPad2当成移动硬盘使用变成了现实。

iPad2 移动硬盘 USB Disk

复制文件

USB Disk是安装在iPad2中的，若要成功地将PC电脑中的资料复制到USB Disk中，则需要通过iTunes来实现，具体的操作步骤如下。

STEP 01 查看应用程序

将iPad2接入电脑并启动iTunes程序，①选择my iPad选项，②切换至"应用程序"界面。

STEP 02 单击"添加"按钮

①在"应用程序"选项组中选中USB Disk选项，②然后单击右侧的"添加"按钮。

STEP 03 选择要装载的文件

PC电脑中弹出iTunes对话框，①选中要导入的文件，②然后单击"打开"按钮。

STEP 04 装载其他文件

此时可看到导入的文件，还可以使用相同的方法导入其他文件。

STEP 05 选择Local files

在iPad2中启动USB Disk程序，然后选择Local files项。

STEP 06 查看装载的文件

此时可在界面中看到导入的文件，即导出成功。

将文件导入PC电脑

当文件保存在USB Disk中后，如果要将它导入PC电脑，则同样需要通过iTunes来实现。

STEP 01 保存选中的文件

按照10.3节"复制文件"小节的步骤打开"应用程序"界面，①选中要导出的文件，②单击"保存到"按钮。

STEP 02 选择保存位置

弹出"浏览文件夹"对话框，①选中保存
到的位置，②然后单击"确定"按钮。

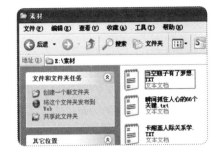

STEP 03 查看导出的文件

执行上一步操作后打开保存位置所对应的
窗口，此时可看到导出的文件。

管理USB Disk中的文件

当用户把文件复制到USB Disk里时，用户可在该软件中对它们进行管理，
例如修改文件名、删除无用文件等。

STEP 01 轻触【Edit】按钮

打开USB Disk主界面，轻触【Edit】
按钮。

STEP 03 轻触【Edit】按钮

弹出Details界面，轻触【Edit】按钮。

STEP 02 选择要修改名称的
文件

选择要修改名称的文件并按住不放。

STEP 04 查看导出的文件

①重新输入文件的名称，②然后轻触
【Done】按钮。

STEP 05 保存修改

返回Local files界面，轻触【Done】按钮，保存修改。

STEP 06 选择要删除的文件

如果要删除某个文件，则要首先选中要删除的文件。

STEP 07 轻触【Delete】按钮

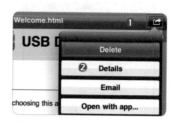

轻触屏幕右侧的任意位置，①接着轻触屏幕右上角的"设置"图标，②然后在下方轻触【Delete】按钮。

STEP 08 确认删除

执行上一步操作后弹出对话框，询问用户是否确认删除选中的文件，轻触【Delete】按钮即可完成删除。

▼小提示
无法识别文本文档

当用户在USB Disk里预览复制的文本文档时，有时可能会看到很多乱码，这只是由于用户在保存文本文档时选择的编码不对。一般情况下，文本文档默认的编码格式为ANSI，而这里需要改为UTF-8格式的编码。

iPad2的常见 故障皆为浮云

oh-oh!!

- 为什么无法充电?
- 界面为什么无法旋转?
- 常用的Safari图标怎么消失了?
- 为什么无法打开电子邮件附件?
- 使用iPad播放音乐怎么没有声音?

　　在使用iPad2的过程中难免会遇到故障,假如遇到上面列举出的6种故障,您会逐个解决吗? 不会的话就来看看下面的内容吧!

11.1 iPad2自身的常见故障

 □ Simple □ Normal ☑ Hard

iPad2 故障 无法旋转

用户在使用iPad2的过程中肯定会遇到一些常见的故障，例如iPad2的界面无法旋转、主屏幕上的safari图标消失等。出现这些小故障后，如果拿到专业维修点去检查，既浪费时间又浪费精力。本节就针对这些常见故障提出对应的解决办法。

给 iPad2 充电却出现"没有充电"的提示

故障现象：当iPad2处于低电量状态时，需要给他充电10分钟以上才能使用，但使用数据线将iPad2连接到PC电脑上时，却在顶部出现了"没有充电"的提示信息。

故障分析：给iPad2充电不能像给手机充电一样直接将其连接到PC电脑上，因为一般情况下电脑USB接口不能提供足够的功率给iPad2充电，因此在顶部的状态栏中就会显示"没有充电"的提示信息。

解决方法：首先断开iPad2与PC电脑的连接，然后使用附带的基座接口转USB电缆和10W的USB电源适配器将其连接到PC电脑插座进行充电，充电后会在右上角显示🔋图标。

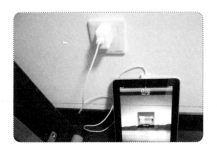

iPad2的界面无法旋转

故障现象：首先是在竖排模式下使用iPad2，但是将iPad2旋转90°后却发现界面并未跟随旋转。

故障分析：出现该故障时，首先查看屏幕右上角是否有一个带有锁的图标 ，如果有，则是由于iPad2的屏幕方向被锁定了，只需在多任务操作栏中解除屏幕方向的锁定即可。如果没有该图标，则可能是硬件问题，需要到专业的维修点进行检查。

解决方法：连续按下两次底部的【HOME】按钮，打开多任务操作栏，然后从左到右快速滑动手指，此时可看到一个带有锁的图标，轻触该图标即可解除屏幕方向的锁定。

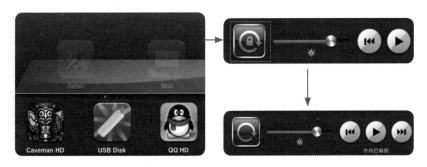

Safari图标消失了

故障现象：平时iPad2主屏幕底部的应用程序栏有Safari、Mail、照片和iPod4个图标，但是最近一次打开发现只有Mail、照片和iPod3个图标，Safari图标消失了。

故障分析：iPad2中的Safari应用程序是无法删除的，因此首先在"设置"程序中检查是否启用了访问限制。如果启用了，则限制了Safari浏览器；如果访问限制处于关闭状态，则可能是硬件问题，需要到专业的维修点进行检查。

解决方法：启动"设置"程序，然后在"访问限制"界面设置允许Safari程序即可，主要操作步骤如下。

STEP 01 启动设置程序

轻触主屏幕上的"设置"图标，启动设置程序，然后在左侧轻触"通用"选项。

STEP 02 轻触"访问限制"选项

在右侧轻触"访问限制"选项。

STEP 03 输入访问限制的密码

弹出"输入密码"对话框，输入访问限制密码。

STEP 04 允许访问Safari程序

进入新的界面，此时可看到Safari程序处于限制状态，滑动右侧的滑块即可取消限制。

11.2 iPad2应用程序的常见故障

☐ Simple ☐ Normal ☑ Hard

电子邮件附件　音乐　视频

iPad2自带的应用程序有Mail、iPod等，然而这些程序有时也会由于自身的缺陷或者设置不当而产生一些故障，例如无法打开电子邮件附件、播放音乐/视频时没有声音等。本节将介绍iPad2应用程序的常见故障以及解决办法。

无法打开电子邮件附件

故障现象：接收了好友发来的电子邮件，却无法打开里面的附件。

故障分析：产生该故障的原因可能是iPad2不支持该附件的文件类型。

解决办法：首先需要了解iPad2支持的电子邮件附件类型，如表11-1所示。

表11-1　iPad2支持的电子邮件附件类型

附件后缀名	文件类型
.doc/.docx	Microsoft Word文档
.htm/.html	网页
.ics	日历项目
.key	运行于Mac OS X操作系统下的幻灯片文件
.numbers	运行于Mac OS X操作系统下的电子表单文件
.pages	运行于Mac OS X操作系统下的文本处理文件
.pdf	电子书
.ppt/.pptx	Microsoft PowerPoint文档
.rtf	多信息文本格式（可用写字板、Word创建）
.txt	文本文件
.vcf	通讯录格式文件（由Windows系统中的"通讯录"程序创建）
.xls/.xlsx	Microsoft Excel文档

如果iPad2无法识别，就只有在PC电脑上登录电子邮箱并查收附件。

使用iPod播放音乐时无声音

故障现象：使用iPod播放音乐或Podcast时没有声音。

故障分析：首先确定扬声器是否处于开启状态，然后在"设置"程序中检查iPod程序的音量限制是否设置为静音。

解决方法：首先取消静音，然后在"设置"程序中调整iPod的音量限制，具体操作步骤如下。

STEP 01 开启iPad2的扬声器

在iPad2右侧边缘的顶部滑动黑色按键，开启扬声器。

STEP 02 轻触iPod选项

轻触主屏幕上的"设置"图标，然后在主界面左侧轻触iPod选项。

STEP 03 轻触"音量限制"选项

此时可在右侧的iPod界面中看到音量限制处于打开状态，轻触"音量限制"选项。

STEP 04 解开音量限制锁定

进入"音量限制"界面，此时可看到处于锁定状态的音量限制，轻触"解开音量限制锁定"按钮。

STEP 05 输入音量限制代码

弹出"输入代码"对话框，输入音量限制代码。

STEP 06 设置音量

返回"音量限制"界面，此时拖动滑块调节音量即可。

附录 iPad2免费资源下载网站推荐[1]

iPad多玩中文官网（http://ipad.duowan.com/）是一个拥有丰富iPad2资源的网站，为玩家提供了国内外最新最全的iPad2资讯、破解、"越狱"等信息，还免费提供了游戏、软件、电子书和漫画供玩家下载，并在页面的底部为玩家提供了下载排行榜，让您随时了解iPad2的热门元素。

91手机娱乐门户iPad专区（http://ipad.sj.91.com/）是一个综合性比较强的网站，该网站不仅同样提供了免费的iPad2软件、游戏、电子书等资源，而且还为新手们着重介绍了iPad/iPad2的基础知识以及"越狱"的相关内容，该网站中可以说是为iPad2新手量身制作。

99软件站iPad专区（http://www.99d.com/ipad/）是一个99软件站专门为iPad用户建立的一个网页，该网页中搜集了大量的iPad2软件、游戏、主题壁纸、电子书和高清电影。并且将它们按照不同的标准进行了分类（例如将iPad影院分为了爆笑喜剧、动作悬疑、恐怖惊悚、浪漫爱情和MTV五个部分），用户可在该网站上花费更少的时间找到更多的资源。

游戏蚂蚁网（http://www.gameant.com.cn/）是一个内容非常丰富的网站，它包含了iPad2游戏、软件、影视、电子书及壁纸等内容，可以说该网站中软件和游戏的数量完全不低于App Store中的软件和游戏数量。另外，该网站还含有iPad2的基本教程和与iPad2有关的精美文章，绝对会让你流连忘返。

1 资源均可免费下载，"越狱"后可免费使用。

iPadBBS网站（http://ipadbbs.com/）受到众多iPad爱好者和iPad高手的青睐，在该网站中，主要包含了iPad讨论区、iOS开发讨论区、交易区和综合区4个板块。其中iPad讨论区可以说是最受欢迎的一个板块，它不仅为iPad2新手提供专门提问的地方，而且还为所有iPad2（iPad软件、电子书、壁纸、主题、视频、音乐）爱好者提供了资源共享的地方。

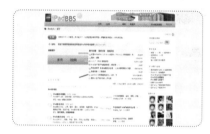

说到iPad论坛，就不得不提到威锋论坛（http://bbs.weiphone.com/），威锋论坛是威锋网的一个板块，不仅拥有iPhone、iPod Touch和Mac的专门讨论区，而且还拥有iPad/iPad2的讨论区和资源共享区，让用户除了解iPad2外还能了解苹果的其他产品。

51iPad网站（http://www.51ipa.com/）是一个专门提供iPad软件的网站，包括教育教学、游戏娱乐、生活健康等软件。如果用户无法找到想要的软件，可以前往论坛发帖，让他人也来帮您寻找软件。

掌上书苑（http://www.cnepub.com/ ）是一个专门提供电子书的网站，该网站最大的优势就在于收集的电子书所对应的格式基本上都是ePub，用户将其下载后便可直接导入iPad/iPad2进行浏览。